曇り、ときどき輝く

鎌田 實
Minoru Kamata

集英社

曇り、ときどき輝く

鎌田實

今という時代は、曖昧な曇天のようだ。
ともすれば、気持ちがうつうつとしてくる。
未来にも、なかなか希望はもてない。
こんな時代の中でも、丁寧に生きて、
自ら光を発し、まわりにも、
輝きと喜びの輪を、
広げている人たちがいる。
探しだし、訪ね歩き、
この本を書いた。

目次

第1章 曇天に一条の光を灯せ

第2章 自分の限界を決めるのは、自分だ

第3章 見方を変えれば、自分も世界も変わる

第4章 自分の内なる「生きぬく力」を引き出せ

第1章

曇天に一条の光を灯せ

憎しみの川に音楽で橋を架ける

アタッテクダケロで、とにかく動き出す。僕は、石橋をたたかない。何かを思いついたら、じっとしていられない。走りながら、考える。

アタッテクダケタら、また別の方向に向かって走り出す。

ボロボロの木の橋でも、切れそうな吊り橋でも、向こう岸に行きたいと思えば、とにかく渡ろうとする。橋がなければ、丈夫そうな蔦《つた》を探してより合わせロープにしてみたり、浅瀬を探してみたり……。

世界を股にかける指揮者に、あつかましいお願いをしたときもアタッテクダケロだった。

福島の子どもたちに、最高の夏休みを

二〇一一年三月十一日、東日本大震災が起きた。東京電力福島第一原子力発電所にシビア・アクシデントが生じる。その後すぐ、原発から三十キロゾーンに初めて入る医師団に、僕も加わった。

僕が理事長を務めているNPO法人「日本チェルノブイリ連帯基金（JCF）」（事務局＝松本市）は、旧ソ連で起きたチェルノブイリ原発事故による放射能汚染地域の子どもたちを救う活動を一九九一年から続けている。これまで百二回、汚染のひどいベラルーシ共和国に医師団を派遣してきた。

福島にも、「自分たちが行かずに誰が行く」という気持ちで駆けつけた。その後も、ずっと通い続けている。

世界中の被災地へ行くとき、いつも心がけていることがある。相手の身になって考える、ということ。自分なら何をしてもらいたいか、を考える。

被災の状況や場所、災害が起きてからの時間などで、人の気持ちは異なる。だから、できるだけ柔軟に、被災者一人ひとりの心に寄り添う。福島では巡回診療のほか、ガイガーカウンター（放射線量計測器）や外部被曝の積算計などの希望者への貸し出しも行った。

チェルノブイリの汚染地域では、見えない放射能から子どもたちの命を守るため三つのことを心がけてきた。放射能の「見える化」、検診、そして保養だ。

福島の子どもたちにも素敵な夏休みをあげたい、と思った。草の上に寝転んだり、川で泳いだり……。放射能の心配なんかせず、のびのびと楽しめる時間をプレゼントしたい。

震災の年の夏、JCFの活動の一環として、カタログハウス社に協力してもらい、福島の子どもたち千人を信州に招待した。翌年からは、単なる保養以上の夏休みを過ごしてもらおうとプランを練った。

二〇一四年には、松本市で毎夏開かれている「サイトウ・キネン・フェスティバル松本（現セイジ・オザワ　松本フェスティバル）」に福島県のジュニアオーケストラのメンバーを招き、小澤征爾さんが指揮するベートーヴェンの『第九』を聴いてもらった。

世界が尊敬する日本人指揮者

二〇一五年は、FCT郡山《こおりやま》少年少女合唱団の子どもたちを松本に招待した。さらに、ある男に声をかけた。

男の名は、柳澤寿男《やなぎさわとしお》。旧ユーゴスラビアを中心に活躍している指揮者だ。彼が二〇〇七年に設立したバルカン室内管弦楽団には、コソボ、セルビア、ボスニア・ヘルツェゴビナなど七つに分裂して憎み合ってきた旧ユーゴ諸国の演奏家が集う。その功績により、同年、『ニューズウィーク日本版』で「世界が尊敬する日本人100人」に選ばれた。

柳澤さんは、コソボフィルハーモニー交響楽団の首席指揮者。セルビアのベオグラード・シンフォニエッタ名誉首席指揮者なども務める。

柳澤寿男さんの指揮で歌うFCT郡山少年少女合唱団。原発事故後、つらいことの多い福島の子どもたちに最高の夏休みをプレゼントできた。

そんな多忙で一面識もない男に、真正面から切り込んだ。

「福島の子どもたちのために、あなたの時間をください。あなたの指揮で歌えたら、一生の思い出になる。最高の夏休みをプレゼントしてほしい。

今、この世界は分厚い雲に覆われている。でも、へこんでなんかいられない。どんなにひどい雨でも雪でも台風でも、また必ず太陽は昇る。こんな曇天の時代だからこそ、不条理の中で生きぬく福島の子どもたちに一条の光を見せてあげたい」

僕はいつも、ダメモトで直球勝負。開かない扉はないと信じてノックする。

幸い、このときはすぐにOKしてもらえた。

七つに分裂し、いがみ合う大地

柳澤寿男は三十三歳のとき、指揮棒一本を携えて旧ユーゴへと渡る。

「ヨーロッパの火薬庫」と呼ばれたバルカン半島の中でも、ここはずっと血で血を洗うような場所だった。一九一四年、当時、オーストリア＝ハンガリー帝国領だったサラエボで皇太子が暗殺されたのをきっかけに、第一次世界大戦が勃発している。

ユーゴスラビア連邦が解体する過程で起きた内戦も、凄惨を極めた。六つの共和国、五つの民族、四つの言語、三つの宗教が入り乱れていた旧ユーゴでは、一九九一年から二〇〇一年にかけて、いくつもの紛争が繰り返された。

ボスニア・ヘルツェゴビナ紛争では約二十万人、コソボ紛争では数万人が亡くなったという。「民族浄化」の名のもとにジェノサイド（一般市民の大量虐殺）も行われた。真相は闇の中だが、敵対する民族の女性をレイプして強制出産させ、その民族の血を途絶えさせようとする、もう一つの民族浄化が組織的に行われたと証言する者も多い。

紛争は一応の終結を見たものの、憎しみは未だ根深い。七つに分裂した国々に交流はあまりなく、一国の中でも異なる民族同士でいがみ合い、時にテロや武力衝突も起きる。

相手を変えようとする前に、自分が変わる

そんな危険な土地で、なぜ柳澤寿男はタクトを振るのか。

二〇〇五年、彼はマケドニア国立歌劇場に招聘《しょうへい》され首席指揮者となる。しかし、考え方も習慣も違う団員たちと息が合わなかった。

バルカンの人間は、よく言えばのんびり、悪く言うとルーズでアバウト。遅刻は当たり前だし、遅れても謝らない。自分のパートを吹き終えれば、隣の人とおしゃべり。いくら注意しても直らない。柳澤さんがイラついて怒れば怒るほど、向こうも「日本人の指揮者はイヤだ」と対立が深まってしまった。

二年後、コソボフィルハーモニー交響楽団に移った彼は、いったん日本流を捨てた。遅刻もおしゃべりもとがめない。その代わり、メンバーが三人しか来なくても、約束の時間になれば練習を始める。ホルンがおしゃべりに夢中のときは、「あと何小節でホルン」と声をかける。演奏の指示をするときも、否定的な言い回しから肯定的な話し方に変えた。一人ひとりの長所を見つけ、積極的にほめた。

相手を変えようとするのでなく、まず自分が変わる。すると、みんな遅刻やおしゃべりをしなくなった。心の距離も縮まり、素晴らしい演奏ができるようになった。

コソボフィルのメンバーは、すべてアルバニア人。でも、紛争前はさまざまな民族が所属していた――そう聞いて、柳澤寿男の夢が膨らんだ。引き裂かれた絆を取り戻すためにオーケストラをつくりたい。

そうして誕生したのが、バルカン室内管弦楽団だ。あえて本拠地をもたず、コンサートのたびに各国から広く音楽家を募ることにした。

音楽は国境も言葉も越える

民族間の憎しみは深く、最初は一つか二つの民族しか参加してくれなかった。

しかし二〇〇九年、コソボ北部のミトロビッツァでブレイクスルーが起きる。壁を突破したのだ。

ミトロビッツァの街は、中心部を流れる川の南側がアルバニア人居住区で、北側がセルビア人居住区。向こう岸には、自分の生まれた家がある。かつての恋人の家がある。でも、立派な橋が架かっているのに、怖くて誰も渡れない。「分断の橋」と呼ばれる橋の両側で、柳澤寿男はコンサートを成功させたいと思った。

柳澤さんの懸命な呼びかけに、五つの民族の中でも一際激しく対立するアルバニア人とセルビア人の音楽家が応えてくれた。さらにマケドニア人も加わり、総勢十三名。ある者は二十年ぶりに、ある者は生まれて初めて分断の橋を渡った。それぞれの居住区にある二つの会場で、共に音楽を奏でた。

この歴史的コンサートを機に、旧ユーゴだけでなく世界各国の人々がバルカン室内管弦楽団に参加し始める。

「音楽は国境も言葉も越えて、心を一つにする。みんなが自分は世界市民だと考えるようになったとき、紛争や戦争はこの世界からなくなる」

そんな彼の熱意と信念が、怨嗟《えんさ》の地に音楽で橋を架けたのだ。

協力した音楽家たちもすごい。「あいつは敵の民族と一緒に音楽をやる」と仲間から批判され、殺される恐れだってあったのに……。

その後も民族の衝突が起こり、この橋はまた封鎖されてしまった。それでも柳澤寿男はあきらめていない。

人間は複雑な生きものだ。憎しみの連鎖をなかなか断ち切れない。しかし、平和に暮らしたいという思いが、心のどこかに必ずある。それを、この男は知っているのだ。そして、そこにアタックする。

柳澤さんと話すうち、イラクの難民キャンプに診察に行ったとき聞いた言葉を思い出した。「イスラム国」を名乗る過激派組織ＩＳに家族や家を奪われた人々が、口々にこう語りかけてきた。

「日本の医療団だから、私たちは安心してドクター・カマタに診てもらうことができる」

七十年間平和を守り続けてきた日本を信頼してくれているのだ。

僕は聴診器でテロと闘う。柳澤寿男は、指揮棒で民族紛争と闘っている。憎しみの大地に平和を生み出すために……。

小さな輝きを集めて、世界を覆う雲を吹き飛ばせ

二〇一五年八月二十一日、長野県のほぼ中央にある旧四賀《しが》村（現・松本市四賀）で、「明日に羽ばたく平和コンサート」を開いた。

まず、震災と原発事故を体験したFCT郡山少年少女合唱団が歌い、満員の観客を魅了した。二本の杖をついてやって来たおばあちゃんが涙ぐんでいる。

「マエストロ柳澤の指揮が見たくて来たけれど、子どもたちの合唱の素晴らしさに驚かされました。生きる勇気をいただいたような気がします」

合唱団の団長、古川聖樹《みさき》さんの挨拶も力強く感動的だった。

「復興にはまだ遠く、その場所だけ時間が止まったようなところがあります。しかし、一人ひとりは微力ですが、無力ではありません。多くの人が協力し合えば、力は自然に大きくなる。少しでも平和な世界に近づけるよう、私たちは希望や夢をそれぞれもち、思いを明るい未来へと変えていけるように歌い続けていきたいと思っています」

震災当時、古川さんは小学六年生。合唱団のメンバーも避難のため散り散りになったが、しばらくして集まることができた。再会した日、みんなで泣きながら手を取り合い、『少しずつ歩いてゆこう』という歌を歌ったという。

2015年8月、長野県松本市に福島の子どもたちを招いて開いた「明日に羽ばたく平和コンサート」で、指揮者の柳澤さんと語り合った。

コンサートの後半は、柳澤さんの指揮でＪＣＦブレーメン音楽隊が『動物の謝肉祭』を奏でた。柳澤寿男が来ると話したら、松本や諏訪の交響楽団の有志が協力を申し出、約三十名の即席オーケストラを結成してくれたのである。

その後、もう一度、柳澤さんが合唱団の指揮をしてフィナーレを迎えた。会場じゅうがスタンディングオベーション。十分ほど拍手が鳴り止まなかった。

どんなに絶望的な状況になっても、そこに光を差し込ませることはできる。人の力で暗闇に光を灯《とも》すことができる。柳澤寿男が放った一条の光は、福島の子どもたちの命に照り返され、その光をさらに強めたような気がする。

世界でも、日本でも、おかしなことが多い。秋空のように心がスカッと晴れ渡ることは少なく、どんよりとした曇り空が広がる。そんな時代に僕たちは生きている。

だからこそ、一人ひとりが光を発し輝いて、頭上を覆う雲を吹き飛ばそう。自らを「世界市民」と考える仲間を少しずつ増やしていこう。

柳澤寿男は、その旅の途上にある。福島の合唱団の子どもたちは、人生という旅をスタートさせたばかり。

人生の最終コーナーを回った僕の旅も、まだ当分続くだろう。どうすれば自分を、世界を輝かせることができるのか、七十歳を前にして悩んでいる。

一度きりの人生、もっともっと悩んで、自分の中にあるわずかな光で、少しでもまわりを輝かせながら、面白く生きることにこだわってみたい。

子ども食堂のささやかな一歩から

僕は人生によく迷うが、方向音痴で道にもよく迷う。

二〇一七年一月、寒波が到来した日の夕方、東京・池袋に近い住宅街で途方に暮れていた。目的地の「要町《かなめちょう》あさやけ子ども食堂」は、一丁目三十九番地。僕がいるのは三十三番地。すぐそばのはずなのに辿り着けない。

電話で救助を求めた。救援隊が到着したのは二十五分後。迎えに来てくれた人たちも土地カンがなく、途中で道を聞いた地元の八百屋さんが、かき入れ時にもかかわらず救援隊の先頭に立ってくれた。

みんな、息を切らしている。僕を凍えさせちゃいけないと走ってきたんだ。なんてあったかな人たち。

豊かなはずの日本で、ご飯を食べられない子ども

案内されたのは、ごく普通の二階建ての木造住宅だった。ほかの家と違っているのは、「誰

でもどうぞ」とばかりに門が開かれていること。

玄関を開けると、うわっ、すごい数の靴！　四十足ぐらいあるだろうか。入り口で夕食代の三百円を払う。今日のメニューは、カレーに味噌汁、ひじきの煮物や大根なますなどを盛った小鉢。デザートのミカンとリンゴもついて、子どもはたったの百円だ。

今も世界第三位のＧＤＰを誇る日本だが、格差の拡大で子どもの貧困が社会問題になっている。子どもの相対的貧困率は、二〇一二年に一六・三％と過去最悪を更新。最新の調査では少し改善されたが、先進三十六カ国中、二十四位だ。※子どもたちの七人に一人は、年間の可処分所得が貧困ラインの百二十二万円に満たない貧しい世帯で暮らしている。

そんな中、民間発の貧困対策として注目されているのが「子ども食堂」。家で満足に食事をとれない子、親が遅くまで働いていて夕食を一人で食べている子などに、無料もしくは格安で、あたたかく栄養バランスのいい食事を提供する。

子ども食堂だけど、みんなの居場所。誰が来てもいい

要町あさやけ子ども食堂の店主は、僕と同じ一九四八年生まれの山田和夫さん。月に二回、第一、第三水曜日の午後五時半から七時まで自宅を開放して、食堂を開いている。

※厚生労働省「平成 28 年国民生活基礎調査」

子ども食堂という名前だが、利用者はさまざまだ。赤ちゃんを抱いたシングルマザー、一人暮らしのお年寄り、「たまには夕飯づくりを休んでゆっくりしたい」という子だくさんのお母さん……一回に四十~五十人ずつ、いろんな人が食べに来る。

経済的に困っている人ばかりではないが、「お金があるのに三百円でご飯を食べに来ないで」なんて、和夫さんは思わない。寂しさを抱えている人、目に見えない重い荷物を背負っている人もいるだろう。でも、詮索は一切しない。

「誰が、どんな理由で来てもいい。ここは、みんなの居場所なんです」

食堂は、大きなテーブルのある洋室と、ちゃぶ台を三つ置いた和室。僕の向かいに座って、小さな男の子と一緒にご飯を食べていたお母さんからこんな話を聞いた。

「同じ食卓を囲んでいると、知り合いになれる。初めてお会いした人が、実はすごいご近所さんだったりして」

母親同士が仲良くなって情報交換。着られなくなった子どもの服を小さな子に譲り継ぐなど、ここを基点にネットワークが広がっているという。

四歳の女の子が、「私の隠れ家に入れてあげる」と僕の手を引いて二階に案内してくれた。どこに行くのかと思ったら、折り紙できれいに飾られた押し入れの中。

この家は、和夫さんの寝室以外、どこでも出入り自由なのだ。食事を終えた子どもたちは絵本を読んだり、ボランティアの大学生とトランプをしたり、飛ばないボールでミニ野球をしたり……。すごく楽しそう。

和夫さんのおおらかさで、家じゅうが開放地になっている。なんだか僕まで、心がほっこりしてきた。

やわらかな発想が人をつなぐ

一階に戻ると、ミヤさんという七十歳ぐらいの男性が、周囲に声をかけていた。

「そろそろ大人食堂の時間じゃないか」

空いたちゃぶ台で、酒盛りが始まる。

山形の銘酒を持参していたミヤさんに、「こんな立派なお酒が買えるなら、焼き鳥屋でも行けばいいのに」と突っ込むと、ニヤリと笑って答えた。

「いやあ、ここにはほかのどこでも味わえない空気があるんだよ」

周囲の人たちが彼を茶化す。

「ミヤさんも最初はボランティアの顔してやって来た。でも、この空間は何でもありだとわかったら、大人食堂の時間だけを楽しみに来るようになった（笑）」

ボランティアのスタッフも、仕事を終えた人から席に着く。三百円払ってご飯を食べ、お母さんたちの井戸端会議やお酒の輪に加わる。子どもたちは、まだ二階で元気に遊び回っている。

僕が子どもの頃、親戚が集まると、こんな光景が繰り広げられた。年寄りも若者も子どもも、一つの家の中でそれぞれに楽しんでいた。あさやけ子ども食堂は、そんな昔を思い出させてくれる不思議空間だった。

この日、僕は食堂に来た子どもたちへのお土産用に、和夫さんのパンを予約しておいた。毎週水曜日の午後、彼は家でパンを焼き、ホームレスの人たちに寄付したり、一個百円で売ったりしているのだ。塩パン、カレーパン、リンゴパン、ゴマさつまパン、コロッケパン……その日の気分や材料で種類が変わる。これがまた、うまいんだ。

僕と同い年の山田和夫さんが月に2回、自宅で開いている子ども食堂には、老若男女いろんな人がやって来る。

死にゆく妻から渡された一枚のレシピ

それにしても、なぜこんな活動を始めたのか。きっかけは、奥さんが遺した一枚のレシピだという。

妻の和子さんが主婦仲間と一緒に「こんがりパンや」を立ち上げたのは、一九八九年。リビングに設置した業務用オーブンでパンを焼き、玄関を改装して販売していた。国産小麦に天然酵母、無農薬野菜……と材料にこだわりぬいた、おいしいパン。口コミで人気になり、テレビや雑誌でたびたび取り上げられた。

和夫さんのほうは、大手玩具店を経て、スポーツ玩具メーカーに転職。「さくら」と名づけたけん玉をヒットさせ、自分の会社を起こしたこともある。

二人の息子も成長して家庭をもち、すべてが順調に思えた。しかし、和夫さんが六十歳を機にリタイアした矢先、和子さんが末期の膵臓《すいぞう》がんだとわかる。

告知からわずか五カ月後の二〇〇九年八月、彼女は五十七歳で旅立った。

静まりかえった家で、一人きり。仕事を辞めた和夫さんのもとには、電話も手紙も来ない。何をする気にもなれない。

曇天が続いた。苦しかった。寂しかった。そうして半年が過ぎた頃、ふと思い出した。亡くなる少し前、和子さんから頼まれたことを……。

「パンを焼いてくれない？　あなたが焼けるレシピを考えたから」

手渡されたB5サイズの紙には、鉛筆で簡単なパンのつくり方が書いてあった。でも一度もトライしないまましまい込み、すっかり忘れていたのだ。

そのレシピを頼りに、和夫さんはパンを焼き始める。失敗の連続だった。なかなか膨らまない。焼き上がりも硬い。

やっとフワフワモチモチのパンを焼けるようになり、気持ちも前向きになってきたら、東日本大震災が起きた。またどん底まで落ち込み、うつ状態に陥った。

子どもを助けながら、ホームレスを支える

そんなある日、一本の電話がかかってくる。

「パンを焼いてください。お手伝いしますから」

和子さんは生前、ホームレスを支援するボランティア団体を通して、路上で生活する人たちにパンを無料で配っていた。その団体からの電話だった。

翌週手伝いに来たのは、元ホームレスで社会復帰途上の男たち。心に障がいをもつ人もいた。最初は、お互い緊張していたけれど、次第に冗談を言い合いながら、楽しくパンを焼けるよ

うになった。

それが、毎週水曜日に開いている「池袋あさやけベーカリー」。暗くつらかった時期が終わり、何かが始まるという思いを、店の名に込めた。

和夫さんは年金暮らし。経済的に余裕があるわけじゃない。パンの材料費を稼ぐため、生協の魚売り場でパートも始めた。子どもたちが小さかった頃、進んで弁当づくりを引き受けていた和夫さんは、料理上手。魚もさばけるし、なんと調理師免許までもっているのだ。

ベーカリーの活動が安定した頃、子どもの貧困問題に取り組むNPOの代表が訪ねてきた。

「この家、一人で住んでるだけじゃもったいない。ねえ、山田さん、子どもたちのために何かしてみませんか？」

給食で命をつないでいる子も多いと聞き、心が動いた。

二〇一三年三月、あさやけ子ども食堂をオープン。多い日には、十五人ものボランティアが手伝いに来てくれるので、「自慢の料理の腕を振るえない」と和夫さん。

僕の隣のちゃぶ台で、ベーカリーの手伝いに来た男性が夕飯を食べていた。

「ホームレスだった頃、ここの奥さんが焼いたパンをもらって食べた。今僕は、この寒さの中、路上生活をしている人たちのことを想像しながらパンを焼かせてもらっている。ありがたいことだと思う。毎週パンをつくることが、生きる張り合いにもなっています。

家族とは縁が切れてしまったけど、ここに来ると、まるで大きな家族の中にいるみたい。仲間ができた。自分も役に立っていると実感できて、うれしくなる」

支えたり支えられたり。ごちゃごちゃがいいんだ

子どもたちが使った食器を黙々と洗っていた六十代の男性にも話を聞いた。元外資系金融マン。お金を追求する世界では大切なものは得られないと思い、四年前に会社を辞めた。荒稼ぎをした罪滅ぼしにボランティアをしているという。

「寄付という形で応援するだけじゃなく、汗を流さなくちゃいけないと思って。自分でも子ども食堂を始めたんですが、山田さんのところに来たくなる。ここにいると、救われるんです」

子どもを連れて食べに来ているうちに、あまりに居心地がよくて調理する側に回ったシングルマザーや、「子ども食堂を手伝うのが私の生きがい」と言う八十歳のおばあちゃんもいた。支える人と支えられる人の区分けがなく、ごちゃごちゃなのがいい。

のびのびできる居場所を得て、子どもたちも変わったという。ずっと保健室登校だった小学五年生の女の子は、自分からちゃぶ台を拭いたり、紙芝居をつくってほかの子に披露したりと、積極的になった。

みんなの笑顔の真ん中で、和夫さんが誰よりニコニコしている。

「ひとりぼっちになった不器用な僕が少しでも社会とつながって生きていけるよう、寂しくないよう、和子はパンのレシピを手渡してくれたんでしょう。レシピの最後は、『出来上がり』という言葉で締めくくられていました。『出来上がったパンをどう生かすか、さあ次はあなたが考える番よ』と、宿題を出したんだと思います」

人のために時間を使うのって、幸せ

和夫さんは、普通のオッサン。スーパーマンじゃない。どっちかというと、初老のアンパンマンに近い。

でも、このオッサンの言葉や生き方には、人生百年時代をどう生きたらいいのかというヒントが溢れている。

仕事をリタイアして間もなく妻を亡くし、うつ状態に陥ってしまったオッサンが、妻が遺したレシピにお尻をたたかれ、閉じていた自分の世界をポーンと開いてみた。すると、世界が変わった。

がらんとしていた二階建ての一軒家は、笑顔で溢れるようになった。いつも一人でコンビニ弁当を食べていた小学生、赤ちゃんを抱えたシングルマザー、身寄りのないお年寄り、ボランティアの大学生、元ホームレスの中年男性、元エリート証券マン、心を病んだ青年……。よそでは出会うことのない人たちの間に、新しいつながりを生み出し、お腹も心も満たしてくれる、あったかな居場所だ。

子どもたちから「山田じいじ」と呼ばれているゴマ塩ヒゲのアンパンマンは言う。

「人のために自分の時間を使うのって、幸せなんですよ。この幸福感は、ほかのものには代えられない。

僕がもっている力は小さい。でも、これまで歩んできた道を振り返りながら、そのちょっとだけの限られた能力を使って、自分に何ができるかを考えてみた。そうしたら、いつの間にか、社会と自分なりのユニークな関わり方ができるようになった。毎日が、楽しくなった」

今や和夫さんのもとには、全国から有機野菜や天然醸造の味噌などの食材が届く。

妻から夫への愛のバトンタッチからスタートした活動は、これからもたくさんの人を巻き込み、続いていくだろう。

天国の和子さんは、和夫さんの宿題報告にどんな採点をするのかな。百点満点？　百五十点？

「い〜え、点数なんかつけられないくらい上出来です」

和子さんの声が聞こえた気がした。

自分の存在意義を研ぎ澄ます

南半球からやって来た革命家に会ったことがある。その名はエディー・ジョーンズ。

かつて日本のラグビーは、強豪国と対戦すると百点以上の差をつけられていた。国内の試合は、井の中の蛙同士が競っているようで魅力が感じられなかった。

二〇一二年にエディーが日本代表のヘッドコーチ（監督）に就任すると、長い間曇り空だった日本ラグビー界に一条の光が差し込んだ。

日本ラグビー界に現れた革命家

二〇一五年、イングランドで行われたワールドカップが始まる四カ月ほど前に、『おはよう21』という雑誌で、エディーと対談することができた。彼の指導のもと、日本チームは大方の予想を裏切り、テストマッチ（ナショナルチーム同士の対戦）で十一連勝。

躍進の理由を知りたかった。

間に立ってくれる人がいたとはいえ、介護専門職のための地味な雑誌に、よく登場してくれ

介護専門職のための情報誌『おはよう21』（2015年8月号）でエディーさんと対談。刺激的な時間だった。©清水朝子

たなと思う。

ニオイだ。変わり者のニオイを、お互いが嗅ぎ分けたような気がした。

エディー・ジョーンズは、オーストラリアのタスマニア州出身。お母さんが日系アメリカ人だ。

大柄な選手が揃っているオーストラリアでは百七十三センチと小柄だが、機敏な動きで一九八〇年代にフッカーとして活躍した。

でも、本領を発揮したのはコーチになってから。二〇〇三年のワールドカップでは、地元オーストラリア代表を率いて準優勝に導いた。

愛されたいと思うな

対談当時、日本チームの世界ランキングは十三位。しかしエディーは、二〇一五年のワールドカップで「ベストエイト進出」

に照準を定めていた。

日本選手は、体は小さいが非常に忍耐強く、課題に取り組むレベルも高い。試合でどう闘うかという目標をしっかり定め、日本人の長所を生かした闘い方をすれば、体格差は跳ね返せるとエディーは信じてきた。


「朝五時から、世界中のどこよりも厳しいトレーニングをしています。基礎から体力づくりを見直し、体の動きと頭の回転の両方をスピードアップするのがテーマです」

対談でもそう語っていた。

「体の大きな選手に勝つためには、意表を突くようなパスが必要ですか」

と質問したら、こんな答えが返ってきた。

「闘いのオプションを、たくさんもっていることが重要です。たとえば、南アフリカの選手が三人いるところには、我々は四人いなければならない。体力勝負なら、どちらが勝つかは明らかですから。

しかし、そこに〝ジャパン・ウェイ〟があると、我々にも勝機が見えてきます」

エディーは、体の小さい日本人が世界で闘うには、「パス十一に対してキック一の割合」がベストだと分析。パスの回数を増やし、精度を高めることを徹底させた。その結果、日本代表は一試合で最大二百二十五回のパスを回せるようになったという。世界の強豪、南アフリカですら一試合に九十回だから、これはすごい。

彼は、「設定した目標を達成するため、生活の中に規律をもて」と言い続けてきた。軋轢《あつれき》を恐れず、反発されてもぐらつかず、選手たちの肉体と精神を徹底的に鍛えあげた。

記者会見でエディーが、「選手たちから『愛されたい』と思ったことはない」と発言していたのが記憶に残っている。

「目標」と「規律」で克服しろ

おそらく彼は、その厳しさを自分にも向けてきた人なのだろう。二〇一三年十月、脳梗塞で入院したときも、自分自身に徹底した「目標と規律」を課した。

できるだけ早くチームに戻る。そして日本を強くする。その目標のためにはどうすればいいか……と、彼は考えた。

病状が安定すると、すぐリハビリを開始。夕食後は四十五分散歩し、病室に戻ってくると腕立て伏せと腹筋をやった。

看護師さんたちに、「クレイジー！」と言われたが、「現状を乗り越えるにはリハビリだ」と自分で決めたという。

さらにエディーは、ベッドの上からチームに指令を出し続けた。

そして四カ月後、現場復帰。後遺症なし。奇跡の復活である。

「日本人とは何か」を考えろ

世界十三位の日本が南アフリカに勝てた理由は何か。疑問に思っている人が多いだろう。

ワールドカップ前に会ったとき、僕はエディーにこんな質問をした。

「ベストエイトを狙うには、初戦で南アフリカ（世界ランキング三位）に負けても、十位のスコットランドと十二位のサモア、十五位のアメリカに勝てば何とかなるのでは？」

彼は首を振った。

「いや、一戦目が大事です。南アフリカといい試合をすることが、その後のすべてに影響する。だから、南ア戦で力を抜いてはいけない。全力を注ぎ、世界を驚かさなければ……」

なるほどな、と思った。優れたコーチはここまで計算しているのだ。

ワールドカップはエディーの言う通りになった。

南アフリカ戦で、ノーサイド寸前に日本は逆転トライを決め、「ラグビー史上まれに見る大逆転劇」と、世界中を沸かせた。

彼はそこまで人間の心理を読んでいたのだろう。選手たちはまるで魔法にかかったかのようにのびのびと闘い続け、日本じゅうにラグビー旋風を巻き起こした。

エディー・ジョーンズは、「日本人とは何か」を考えながら、チームをつくってきた哲学者だ。僕たち日本人の特質をリスペクトしながら、コーチングをした。だから、日本代表は強くなった。

「リ・ロード」という言葉がある。「再装塡」という意味だ。拳銃を撃ったら、すぐ弾《たま》を入れ、闘うための準備をする。

ラグビーではタックルをして倒れたあとも、すぐに立ち上がり、次に予想されるラインへ飛んでいって、そこでまたタックルを狙う。

全員が常にタックルしては立ち上がり、タックルしては立ち上がり、相手の突進を押さえる。小柄だからこそ俊敏に行動できる。フィフティーンではなく三十人いるような闘い方を、おそらくエディーは考えていたのだろう。

その通りのことを選手たちが行った。そして奇跡が起きた。

「息もつかせぬラグビーで、新たなファンを獲得した」

「大きな体格の選手同士の闘いになりがちな世界の流れの中で、日本は、技術で闘える余地が大きいことを知らしめた」

世界じゅうから高い評価を得た。

優先順位を決めろ

エディーとの対談の前日、宮城県の被災地で介護プランの作成をしているケアマネージャーから僕に相談の電話があった。

担当しているおじいちゃんが脳卒中で倒れた。幸い症状は軽かった。でも、軽いから介護保険の要介護度も低くしか認定されず、十分なサービスを受けられない。一人暮らしで部屋の掃除もできないまま、不潔な中で生活している。限られた利用単位内でホームヘルパーを派遣するか、リハビリに使うべきか……ケアマネさんは判断を迷っていた。

「エディーさんだったらどうしますか」

おじいちゃんの話をして、聞いてみた。

「何でも優先順位が大事です。そのおじいさんは、ちゃんとリハビリすれば自分で部屋を掃除できるようになると思う。料理もできるようになるでしょう。僕だったら、まずリハビリを選択します」

さすがコーチングのプロ。これは正しい視点だ。ケアの世界では、この視点が弱い。

「一人ひとりの選手に対しても、いつもそうやって目標設定をするのですか」

重ねて尋ねると、彼は大きく頷《うなず》いた。

「たとえば、試合が終わったあと、うまくいかなかったことが二十個あるとして、二十個全部を一度になんとかしようとするのではなく、大きな変化をもたらす二、三個を見つけることが必要なんです。その二、三個をしっかり見極めて修正していけば、ほかの細かいところは自然に直ってきます。

コーチとしては、影響力の強い選手が誰かを見極めることも、チームを強くするうえで非常に大切ですね」

そこで、率直に聞いてみた。

「今日本では、五郎丸歩《ごろうまるあゆむ》選手がスターとして注目されていますね。彼は今後、世界に通用するでしょうか」

「五郎丸は早稲田大学時代スーパースターでしたから、かつては誰の言うことも聞かないような傲慢《ごうまん》なところがあったんです。

でも、彼のマインドセットは非常に変わりました。固定観念から解放され、学ぶ姿勢を身につけた。これから、どんどん良くなると思います」

エディーの期待通り、五郎丸はワールドカップで次々にトライやペナルティキック、ゴールキックを決め、得点を上げた。最終戦、アメリカに二十八対十八で勝利したあと、インタビューに応じたとき、言葉を失い、涙を流した。

涙の理由は、ベストエイトに行けなかったこと。三勝すればいいのではなく、準々決勝に出て、もう一試合する。それが、エディー・ジョーンズ率いる日本代表チームの最大の目標設定だった。その目標が、五郎丸の魂の中に埋め込まれていたのだ。

自分の存在意義を見つけろ

世界で勝つための哲学を、エディー・ジョーンズは選手たちに植えつけた。野性的でユニークなチームをつくりながら、彼は常に知性的でもある。

「快適さの中に安住せず、常に自分を改善していこうと心がけています。完璧というものはあり得ない。だから、勝つため、成功するためには変化が必要です。動き続けていることが大切なのです。

自分がここに存在することに何か意義があるのか。あるとすれば、それは何かを見極めて、そのことに邁進《まいしん》する。私が長《た》けているのはコーチングです。それは私自身の〝存在意義〟でもあると思っています。

鎌田先生は、イラクの難民キャンプで診察したり、チェルノブイリの病気の子どもたちのために薬を送ったりされているそうですね。その活動は、あなたの人生の大きな〝意義〟なのではないでしょうか。

こうして話していても、そのことに情熱を抱いているのが感じ取れます。医療という先生の仕事ほど大事なものはありません」

そんなふうに、僕にもエールを送ってくれた。厳しいばかりではない、茶目っ気のあるエディーの笑みは、もうすぐ七十歳になる僕ですら、その気にさせてしまう。「やるべきこと」に気づかせてくれる。

名将はきっとこうやって、日本チームのやる気に火をつけてきたのだ。ずっと曇り空だったラグビー界全体に、「やればできる」という空気を植えつけた。すごい人だ。

エディーいわく、「日本人はもっとアクティブになったほうがいい」。日常生活でもっと体を動かし、もっと挑戦的な生き方をしてほしいとも言う。

ラグビーだけの話ではない。個人レベルに限ったことでもない。日本という国がこれから世界の中で輝いていくためには、もっと「アクティブ」になること、「ユニーク」であることが大事だ、と言い残したかったのかもしれない。

どんどん生きづらい世界が広がっている。そんな中で自ら光を放ち、生きぬいていく力を身につけるにはどうしたらいいのか。その答えの一つを、日本ラグビー界に現れた革命家から学ばせてもらった。

エディー・ジョーンズは、二〇一五年十一月一日、日本代表のヘッドコーチを退任。そして十一月二十日、なんとイングランド代表ヘッドコーチ就任が発表された。

二〇一九年に日本で行われるワールドカップでは、敵将として闘うことになる。しかし、信念を貫くエディーの魂は、リーチ・マイケルをはじめ、日本チームのすべての選手に脈々と受け継がれている。

彼らがさらに自分たちで磨きをかけ、次のワールドカップでエディーを、そして世界を唸《うな》らせるチームになっていてほしいと思う。

野性的で知性的な日本チームの活躍を見るのを楽しみにしている。

新宿・歌舞伎町の「再チャレンジ請負人」

「ああ、もう俺、人生終わったな」

Hくんは留置場でつぶやいた。

北海道の高校を卒業後、日本有数の大企業J社に就職して上京。でも、上司と折り合いが悪く四年で辞めた。新聞配達や営業の仕事をしたが続かなかった。気がつけば、ホームレスになっていた。

六百円を返せず、人生に落伍した

転落って簡単なんだ。そして、一度落ちてしまったら這《は》い上がるのは、とっても大変。これが日本の現実。

公園で寝ていたとき、Hくんは財布を盗まれた。交番に行くと、住民票のある町までの電車賃、六百円を貸してくれた。なのに、それで食べ物を買ってしまった。

味をしめて別の交番に行き、千円ほど借りようとしたら、詐欺《さぎ》未遂で逮捕された。前回の情報が、警察のデータベースに上がっていたのだ。わずかな金額だから裁判にはならなかったが、一週間留置された。

釈放後、保護観察所で公益社団法人「日本駆け込み寺」を紹介された。どんな相談にものってくれる団体で、刑務所から出所した人のサポートも行っているという。

さっそく駆け込んだら、すぐに住むところと働く場を与えてくれた。職場は、「新宿駆け込み餃子」。巨大なゴジラの頭がのった新宿東宝ビルのそばにある居酒屋だ。

アルバイトとして働き始めて一カ月。

「肉汁たっぷりの焼き餃子はもちろん、名古屋コーチンの濃厚なスープで炊いた炊き餃子や、おでんもおいしいですよ」

Hくん、生き生きとした、いい顔をしている。

「ここの仕事は面白いです。J社に勤めていたときより、今のほうが楽しい」

「いらない子」という存在

駆け込み餃子をプロデュースしたのは、駆け込み寺代表の玄秀盛《げんひでもり》。「どんな人間にも幸せに生きるチャンスをあげたい」と全力投球している。相談に来た人を守るためなら早口の関西弁で暴力団とも渡り合う、怖いもの知らずの男だ。

玄さんは一九五六年、日雇い労働者や路上生活者が多数暮らす大阪市西成区《にしなり》の「あいりん地区」、かつて釜ヶ崎と呼ばれた土地で生まれた。在日韓国人二世。

六歳の頃、離婚した両親が喫茶店で揉めていたのが忘れられないという。

「オレんとこ、子どもが生まれるから無理や」

「うちかて無理やわ。いらん」

いらない子である自分を押しつけ合っていたのだ。

それぞれに同棲や結婚を繰り返す両親の間をたらい回しされて育ったため、玄さんには父と母が四人ずついる。

親たちから、訳もなく暴力をふるわれた。だから、殴られないようにいつも神経を研ぎ澄ませていた。

まわりの大人が胸ポケットに手をやるのを見れば、瞬時に灰皿を持っていく。毎日、始業前に新聞を配達し、放課後は実の父がやっていた靴底修理を手伝った。母違い・父違いの弟妹たちのおしめも替えた。捨てられないため、食べ物にありつくため、なんでもやったという。

中学卒業と同時に家を飛び出すと、自動車修理工を皮切りに三十近い職業を転々とする。自殺未遂一回、補導歴八回、逮捕歴五回。

底辺を這いつくばりながら生き、二十五歳で起業した。人材派遣、消費者金融、調査業など十社あまりを経営。年商二十億を超えたこともある。

暴力団と競合し、再三命を狙われたが、一歩も引かず金儲けに邁進した。派手に女遊びをし、二つの家庭を壊した。


やがて仕事もうまくいかなくなり、倒産。捲土重来《けんどちょうらい》を期し、東京で新しい会社を立ち上げた。

しかし二〇〇〇年、四十四歳のとき「HTLV‐1」陽性と判明する。

「献血後に届いた通知にそう書いてあったんやけど、HIVに見えて、エイズと勘違い。最初は、『あの世に行くなら、恨んでるやつら五人ぐらい道連れにしたろ』と考えたんですよ」

HTLV‐1は、成人T細胞白血病などを引き起こす恐れのあるウイルスだ。ただし、感染しても九〇～九五%の人は発症しない。

それを知って冷静になったとき、つくづく思った。

「俺って鬼畜みたいな人間やな。こんなんじゃ、生きてる価値あらへん。これからは金儲けやなく、人の役に立つことをしよう。命を燃やして生きたい」

どんな過去があろうと、人生はやり直せる

軌道に乗り始めていた会社を清算し、NPO法人を立ち上げるべく内閣府に通った。

二年後、認下が下りると、日本最大の歓楽街である新宿・歌舞伎町に、無料の相談窓口を開設。家庭内暴力、児童虐待、金銭トラブル、いじめ、ひきこもり……さまざまな悩み・苦しみに寄り添ってきた。

行政や警察では解決できない問題も、波瀾万丈の人生経験と幅広いネットワーク、コワモテの顔と肝の太さでなんとかしてしまう。

その実績が認められ、二〇一二年秋、NPOから公益社団法人に。これまで相談に訪れた人は三万人を超える。

上／歌舞伎町にある居酒屋「新宿駆け込み餃子」。©野口昌克
下／店の2階で玄さんと。人生に躓いた人たちを積極的に雇用し、再出発支援を行っている。©長嶋正光

刑務所や少年院の中からも、たくさんの手紙が届く。〈家族にも友達にも見放された〉〈前科者を雇ってくれるところは少なく、部屋も借りづらい〉〈未来が見えない〉……。

手紙の主が出所して相談に来ると、玄さんはアパートを借りられるよう保証人になる。仕事を見つける手伝いもする。

さらに、出所者を積極的に雇用する居酒屋を企画。四年がかりで賛同企業を探し、二〇一五年四月、新宿駆け込み餃子をオープンさせた。元最高検察庁検事の堀田力《つとむ》さん、今は亡き菅原文太さん、元宮城県知事の浅野史郎さんなど、たくさんの人が支援してくれた。

一般刑法犯のうち、再犯者が占める割合は、四八・七％。※ しかし、出所後に仕事に就けた人の再犯率は、無職の人の約三分の一と、グンと低くなる。

生きぬくための特効薬は働くこと。そのためには働く場が必要。

「どんな過去があろうと、人生やり直しがきく。犯罪の被害者を減らすためにも、出所してから再チャレンジできる場があることが大事なんや」

出所者にはコミュニケーション下手が多い。だから、「再起の第一ステップに居酒屋はうってつけ」だという。

お客さんの注文に大きな声ではっきり答えたり、感謝の気持ちを伝えたり、酔客の世話をし

※法務省「平成28年版犯罪白書」

たり……。さまざまな年齢、職業、性格のお客と接することで、基礎的なコミュニケーション力が磨かれていく。

僕は玄さんに、ちょっと意地悪な質問をぶつけてみた。

「雇った人がまた罪を犯して刑務所に入り、もう一度玄さんを頼ってきたら、どうする？」

「やる気があれば、また雇う。実際、出戻って来たやつもおるよ。一回で直るんやったら、刑務所はいらんやろ（笑）」

人と目を合わせられなかった青年が指導役に

二〇一五年十月、うまい餃子が食べたくなり、また新宿駆け込み餃子を訪れた。このときは、十人のスタッフのうち四人が出所者。いじめが原因で不登校になり、高校を中退した十七歳の少年も働いていた。

ここは、社会復帰のための「研修の場」という位置づけ。人生に躓《つまず》いた人たちをより多く受け入れるため、約三カ月で店を「卒業」し、次のステップに進むのが原則だ。しかし、中には仕事ぶりを高く評価され、正規雇用される者もいる。

Dくんは、三十一歳。十六歳で両親に捨てられてから、ずっと一人で生きてきた。あるとき、友達と揉めて傷つけてしまう。罰金を払えばそれですんだのに、お金がなくて一年間逃げ続けたため、二カ月の実刑を受ける羽目に。

出所後、保護観察所で駆け込み寺を紹介され、店のオープンと同時に働き始めた。明るい笑顔、きびきびした応対。入店当初は人と目を合わさず、ほとんど話さなかったというから、まるで別人だ。

「出所者だけじゃなく、新しく入ってくる一般のアルバイトスタッフのお手本になれたら……。それが、玄さんへの恩返しだと思っています」

そう語るDくんは、すでに新人たちの指導役。ちょっと前まで、駆け込み寺が運営している自立準備ホームで出所者仲間とともに暮らしていたけれど、自立して念願の一人暮らしもスタートした。

そんなDくんを目標にがんばっていたのが、一つ年上のSくん。「お金を貯め、いつか海外で生活したい」と、刑務所で始めた英語の勉強も続けている。

一度や二度の失敗で人生終わらすな

もう一人の出所者、二十八歳のMくんは、店に来て半月。なんと、僕が名誉院長を務める諏《す》訪《わ》中央病院から車で三十分ほどのところに実家があるという。

二十歳で長野から上京したその日にケンカをし、留置場で暴力団関係者と知り合った。仕事をやると言われ、覚醒剤の売人になってしまった。自分も薬に溺れ、あげくの果てが三年十カ月の懲役……。

出所後、暴力追放運動推進センターの職員に付き添ってもらい、長野と東京のハローワークで仕事を探したが、まだ暴力団員扱い。どこにも雇ってもらえなかった。長い刑務所暮らしで、友達は離れてしまい、頼れる人もいない。

お金も底を突き、困り果てていたとき、東京保護観察所で駆け込み寺のことを教えられ、電話してみた。

「その電話に出たのが玄さん。『やる気があるなら、どんなやつでも採る』と言ってくれて、うれしくて、うれしくて……。霞が関にいたんですが、荷物を持って新宿まで走りました」

「玄さんのこと、どう思う?」

そう聞くと、Mくんは、ちょっと照れながら答えた。

「すごくカッコいいなと思っています。何人救ってもお金になるわけじゃないのに、人のために全力を尽くす。いつか自分も、そういう生き方をしたいと思うようになりました」

真面目に働いて、もう少し自分に誇りをもてるようになったら、手土産を買って「ちゃんとやってるよ」と実家に報告に行きたいという。

「八年、帰省していないんです。じっちゃん、ばっちゃんも、もう八十過ぎ。早く胸を張って会いに行けるようにならないと」

「帰りづらかったら、僕も一緒に行く。『カマタの顔を立てて、まずはあたたかく迎え入れてくれ』と話してあげる」

そう言って携帯電話の番号を渡すと、とても喜んでくれた。

Mくんも、詐欺未遂で捕まったHくんも、道を踏み外したきっかけは、ほんのちょっとしたことだった。そして、ほんの少し愛の手を差し伸べられたことをきっかけに、立ち直りつつある。もちろん、過ちを繰り返す人もいるだろう。でも、玄さんが言うように、「どんな過去があろうと、人生やり直しがきく」んだ。

ほんのちょっとの愛で、人は立ち直れる

玄さんの次なる夢は、出所者など人生に躓いた人たち専門の人材派遣会社を立ち上げ、成功させること。

「一時期、よく牛丼屋に深夜、強盗が入ったやろ？　でも、ムショ帰りを一人雇えば、その噂だけで簡単には強盗が入らなくなる（笑）。刑務所は人材の宝庫なんやで。会計士も大工も靴職人もＩＴの専門家もおる」

なんともユニーク。こんなことを思いつくのは、玄さんしかいない。

「むろん、出所者を雇うのは勇気がいると思う。そやけど、ほかの誰より一生懸命働くよう、うちで教育して送り出す。何かあれば、責任は俺が取る。だから、一度や二度の間違いで人生が終わらんよう、試しに使ってほしいんや」

今、協力企業を募っているところだという。

「一億総活躍社会」なんて、政治家たちは絵に描いた餅を並べているが実態はどうだろう。非正規雇用は増える一方だし、ずっと真面目に生きてきたって働く場が見つからないという人も多い。

そんな逆風の中、「ムショ帰り」と白い目で見られがちな出所者やニートの若者にもチャンスをあげたいと、玄さんは全力投球し続けている。新宿・歌舞伎町の一角から放たれた一筋の光に導かれ、暗闇から抜け出していく人々がいる。

道は遠い。でも、この男は決してあきらめない。

僕もできる限り協力したいと思っている。

親に裏切られても、人は必ず生きられる

大人はウソばかりつく。「日本駆け込み寺」なんてアヤシイ。ナンモカモ、キライ。ナンモカモ、シンジラレナイ……。

社会から裏切られ続けてきた女の子は、そう思い込んでいた。でも、変わる。

私、生きてていいのかな

二〇一五年十二月、「新宿駆け込み餃子」で玄秀盛さんと食事をしていたら、千春さん（仮名）という二十三歳の女性が友人と一緒に現れた。

二人とも美しい。話をする前から、力いっぱい生きているのが伝わってきた。

千春さんは、養護施設出身で美容師。十五歳のとき玄さんに出会って救われた。今も月に一度は会いに来るという。

「千春さんにとって玄さんはどういう存在？」

僕が尋ねると、一瞬の間も置かずに答えた。

「親ですね。パパ（笑）」

「歌舞伎町で『パパ』言うたら、違う意味になるやんか」

玄さんが照れながら大阪弁で混ぜっ返す。


千春さんの父親は暴力団の幹部。母親は水商売。父が姿を消し、母が薬物に溺れるようになると、施設に預けられた。

まだ幼稚園児。捨てられたとわかっていても、お母さんが恋しかった。

「都立高校に受かったら同居してもいい」と言われ、がんばって合格した。でも、夢見ていた母親との二人暮らしは悲惨なものだった。

学校から帰るたび、見知らぬ男が部屋にいた。千春さんは邪魔者扱い。男たちが帰るまで、外で時間を潰さなければならない。

わずか二カ月で、お母さんは言った。

「あんた、もういらん。出てけ」

追い出されて仕方なく、以前いた施設に戻ろうとした。でも、再入所を断られた。今夜寝る場所さえない……。

「崖っぷちだった。『私、生きてていいのかな。もう無理。自殺しよう』と思った。そんな十五歳のとき、バイト先の牛丼屋の店長から駆け込み寺のことを聞き、駆け込んだんです」

新宿区歌舞伎町二丁目、大久保公園の向かいの古ぼけたビルの一階にある「日本駆け込み寺」。ドアを開けると、コワモテでヤバそうなオッサンがいた。思わず引き返したくなったが、「おお、遠慮せんと入れ入れ」。そう言いながらクシャッと笑った顔をよく見ると、目元はやさしい。

それが、駆け込み寺代表の玄さんこと玄秀盛だった。

この人なら信用できるかもしれない

すっかり人間不信に陥っていた千春さんは、相談にのってくれている玄さんに失礼な態度をとった。ふて腐れてソッポを向いたまま、「大人はすぐウソをつく。あんたも信用できない」と吐き捨てた。

でも玄さんは、まったく怒らない。困った顔もしない。何を言われてもドーンと受け止め、すぐに入所できる施設を探してくれた。必要最小限の返事しかしない彼女に、どんどん話しかけてきた。

「飯食ったんか?」

「うん」

「今度いつ来れる？」

「さあ……」

「夢はあるんか？」

「ない」

「一つぐらいあるやろ。なんか望みあったら言わんかいな」

「この人に会いたい」

千春さんは、BGMで流れていたEXILEのATSUSHIの名前を出した。

「よっしゃ、会わせたる。約束や。だから、『家族で暮らしたい』なんてしょうもない願望抱くな。ろくでもない親とは一切縁を切れ。まず施設に戻って、高校出ろ。

俺は必ず約束を守る。おまえも俺との約束守れ」

ウソだと思っていたら、数カ月後、玄さんに連れて行かれたのはATSUSHIのライブ会場。楽屋で言葉を交わし、ハグまでしてもらえた。

玄さんの顔は広い。友達の友達はみんな友達……と考え、どんどん相手の懐に飛び込んでいくからだ。そうして知り合った人たちが、次々に日本駆け込み寺や新宿駆け込み餃子のサポーターになる。ATSUSHIさんも、その一人だった。

千春さんは思った。

「この人なら信用しても大丈夫かもしれない」

駆け込み寺に何度か通ううち、それは確信に変わった。

高校二年のとき、彼女は美容師になるための通信教育を受け始める。

「とにかく手に職をつけろ。そしたら、怖いもんはない。親なんかいなくても、男に捨てられても、お前は食っていける」

そう玄さんにアドバイスされていたからだ。

高校卒業と同時に施設を出ると、美容院で働きながら勉強を続けた。そして翌年、国家試験に一発合格。

「お店に学費を出してもらっていたから、落ちたらやばいと死ぬ気でがんばりました（笑）。今？　充実してます。生きてて本当によかった」

同情なんてせえへん、したら失礼や

輝くような笑顔を見せる千春さんの隣で、美里さん（仮名）がつぶやいた。

「私は困ったときに頼れる人がいない。千春から玄さんの話を聞いて、うらやましくて、うらやましくて」

美里さんは二十五歳。千春さんと同じ施設で育ったという。

物心がついたときには、もう施設にいた。小学校一年のとき、父親だという男性が訪ねて来たけれど、それ一度きりで連絡もない。母親のことは何も知らない。

「よっしゃ、今日から美里も俺の娘や」

玄さんが豪快に笑って、請け負った。

「ただし、これまでかわいそうやったな……なんて同情、俺は絶対せえへんで。同情なんかしたら、美里に失礼やからな。干渉もせえへん。

だけど、ちゃんと見守る。何かあったときは、俺を思い出したらええ。いつでも出張れる態勢をとっとくから」

美里さんは、高校を出てすぐブティックに就職。一年前、店長になった。

「つらくて辞めたいと思ったこともあるけど、同じ仕事を続けてきた。子どもの頃から洋服屋さんで働くのが夢だったし、自分一人でなんとかして生きていかなきゃという気持ちが強い。ちゃんとお金も貯めています」

美里さんも千春さんも堅実だ。冬場でも湯船に浸かるのは週に一度。あとはシャワーで倹約し、貯金しているという。

そんなしっかり者の二人が、ふと表情を曇らせた。

「よく美里と話すんですよ。『私たち、いい母親になれるのかな』って」

「千春や私にとって、家庭はテレビドラマの中だけのもの。見たこともないから、わからない。ちゃんと子どもを育てられるのか、すごく不安で……」

僕は断言した。

「絶対に大丈夫。二人ともしっかりしてるから。玄さんというオヤジもついてるじゃないか」

どんなに曇り空が続いても、いつか必ず晴れ間がやって来る。それが人生。

千春さんと美里さん、二人の若者は自らの手で雲を切り裂いて、明るい陽差しを手に入れつつあるような気がした。

誰かの役に立っていると輝き始める

玄さんには、彼女たち以外にも「娘」や「息子」がたくさんいる。親に虐待されて育った少女。いじめが原因でひきこもりになった少年。刑務所や少年院を出て、住む場所も仕事も見つからず途方に暮れていたとき、新宿駆け込み餃子で雇ってもらったという青年たち……。

もちろん玄さんだけじゃ、大勢の人を支えられない。頼りになる仲間がいる。その一人が、日本駆け込み寺の中心スタッフ、千葉龍一さんだ。

千葉さん自身も、複雑な過去を背負っている。大学時代、交通事故で親友を死なせてしまったのだ。

申し訳なくて、刑務所に入りたいと思ったけれど、友人たちが嘆願書を集めてくれて、執行猶予になった。「お前は明るく元気に生きてくれ」という仲間の励ましに、涙が出た。

そして思った。

「人のために何かやりたい」

弁護士を目指し、司法試験の勉強を始めた。でも、十年経っても受からなかった。そんなとき、駆け込み寺の存在を知った。

スタッフになって四年。玄さんの右腕として働くだけでなく、ボランティアを集めて、毎週土曜日、歌舞伎町でパトロールをしている。街行く人に「困ったことがあったら来てください」と、宣伝用のポケットティッシュを渡す。受け取った人が、後日、駆け込んで来ることも多いという。

「すごくやりがいを感じています」

そう語る千葉さんの顔は、晴れ晴れとして力強かった。

人間は弱い。でも、ほんのちょっと手助けしてもらっただけで不思議な力が湧いてくる。どん底から立ち上がり、前を向いて歩き出すことができる。僕たちは、今がどんなにつらくても生きようと思う生きものなんだ。

未来を切り開いていくその力は、自分も誰かの役に立っていると実感できたとき、さらに強くなる。

玄さんも、こんなことを言っていた。

「駆け込んできた人たちを、俺が助けてるだけやない。駆け込み寺や駆け込み餃子での出会いは、俺自身にとって生きる糧《かて》なんや」

ふぞろいで、ところどころ傷んでいるリンゴたちが、新しいカタチの家族をつくり始めているように思えた。

玄さんがお父さんで、千葉さんがお兄さん。駆け込み寺にはほかにも、お姉さん、おっちゃん、おばちゃん、ＬＧＢＴ……さまざまな過去と経験を積み重ねてきたパワフルでユニークな「家族」がいる。

僕も、すでに親戚のおっちゃんの一人。呼ばれたらすぐ駆けつけるつもりだ。

血縁なんかなくても、戸籍上の結びつきがなくても、あったかで確かな絆で緩やかにつながっている家族。そんな新しい家族のカタチが、日本じゅう、いや世界じゅうに広がっていくといいなあ。

豚も恋すればおいしくなる

アルマーニのトップセールスマンから、介護の世界へ。ウソみたいな本当の話。曇天の介護界に一陣の風が吹いて、一気に太陽の光が差し込み始めた。

イケメン介護男子

『介護男子スタディーズ』という本を手に取って驚いた。ページの半分近くを占めるのは特別養護老人ホームなどで働く青年たちを写したカラーグラビア。みんな生き生きしていて、カッコいい。自分の仕事に責任と誇りをもっているのが、その表情から伝わってくる。

といっても、単なるイケメン介護男子の写真集ではない。介護に携わっている当事者はもちろん、学者、映画監督、現代美術家、建築家、ファッションデザイナー、遠隔コミュニケーションロボットの開発者など、多彩な執筆陣が登場。介護という仕事の奥深さを、現在の問題点や課題も含めて多角的に分析している。さらに、これからの介護を豊かにするアイデアやヒントを提示していく。

介護関係の書籍といえば、硬すぎて面白みに欠けていたり、読んでいると「これから日本の介護はどうなっちゃうんだろう」と暗い気持ちになったりするものが多い。ところが、これはまったく違う。実に面白く、刺激的なのだ。

このユニークな本を二〇一五年に企画・発行したのは、全国二十の社会福祉法人からなる「介護男子スタディーズプロジェクト」。プロジェクトの仕掛け人である馬場拓也さん、飯田大輔さんに話を聞いた。

介護ほどクリエイティブな仕事はない

馬場さんは、一九七六年生まれ。大学卒業後、アパレル業界に進み、ジョルジオ アルマーニ ジャパンのトップセールスマンとして活躍していた。

二〇一〇年、介護の世界へ転身。両親が運営する社会福祉法人「愛川舜寿会ミノワホーム」の経営企画室室長となった（現在は常務理事）。

高級ブランド服の販売と介護。百八十度異なるように思えるが、馬場さんは、「共通点がたくさんある」と言う。

「アルマーニでは、お客さまのライフスタイルまでうかがい、洋服をコーディネートします。

福祉の世界に新しい風を吹き込んでいる馬場拓也さん（向かって左）と飯田大輔さん。二人の話を聞きながら僕もワクワクしてきた。
©清水朝子

その服をどんなシーンで着て、誰と楽しむのか……とイマジネーションを駆使し、どうすればその人をより魅力的に映すことができるかを相対的に考えながら接客していました。

介護の現場でも、その人が生きてきた歴史や考え方、ご家族との暮らしぶりをうかがい、ケアの方針を決めていく。

相手の気持ちを感じ取る力や想像力も大切です。施設を利用される方は一人ひとり違うので、自分のもてる能力をフル回転して接する必要があります。

てこでも動かない認知症のお年寄りが、どうすれば自分から動いてくれるのか……そんなことを考えながら、実践の中で工夫していくのはすごく奥深いですよ。

加えて、これからの人口減少社会において、地域コミュニティのハブ的役割を果たすのは福祉です。こんなにクリエイティブで面白い仕事はないと思います」

介護という仕事の魅力を、これまで福祉業界に興味のなかった人にもわかりやすく伝えたい。そんな思いから、介護男子スタディーズのプロジェクトは始まった。

現在、日本の介護職員の約八割は女性だ。生き生きと働く若い男子にフォーカスすることが、介護という仕事のイメージを変え、その価値を高めていくことにつながると考えたという。

介護は、ジャズのアドリブに似ている

本の中に、介護の即興性と一回性はアートと同じだというような文章がある。僕も常々、介護はジャズだと思ってきた。

ピアノが奏でた旋律をサックスが受けて返す……。そんな一度限りのアドリブの掛け合いがジャズの魅力。

介護も同じ。介護を必要とする人たちの心と体の声に耳を澄ませ、そのときどきで柔軟に対応するためには、ジャムセッションのような創造性が必要不可欠なのだ。すごく難しいけれど、それが介護という仕事の喜びであり、醍醐味でもあると思う。

日本は、すでに世界一の超高齢社会だ。しかも、二〇二五年に団塊の世代がこぞって後期高齢者に加わる。なんと国民の約五人に一人が七十五歳以上になるという。

その頃には、今でも少ない介護職員が約三十八万人不足。必要な介護を受けられない介護難民が全国で四十三万人に上ると推計されている。

介護職は、きつい、汚い、給料が安いの「3K」イメージが強い。なくてはならない大切な仕事なのに、なかなか人が集まらない。

そんな中、馬場さんたちは人材確保に向けて、これまでの介護のイメージを覆すような新たな取り組みを始めたのだ。

先にリスクを考えない。信頼を前提に動く

馬場さんとともにプロジェクトを立ち上げた飯田さんは、一九七八年生まれ。農業を志し、東京農業大学で学んでいたが、三年生のとき、思いがけず介護の道に進むことになったという。

「社会福祉法人の設立準備をしていた母親が突然亡くなったんです。親族会議を開き、クジ引きで後継者を決めたら、僕と、やはり大学生だった従兄弟《いとこ》が当たりを引いちゃって（笑）。三本中二本は当たりクジでしたから、半分は覚悟を決めるための儀式だったんですが」

飯田さんも従兄弟も、福祉関係の知識はゼロ。大学卒業後、専門学校に通い、介護福祉士や社会福祉士の資格を取った。

「学校の実習でいろいろな施設に行きましたが、玄関やエレベーターが暗証番号式でロックされていたり、お年寄りが裸で車いすに乗せられ、お風呂の前の廊下に並んでいたり、お風呂の扉も開けっ放しだったり……。これが福祉の現実なのかとショックでした」

確かに、そういう施設は少なくない。職員不足や、認知症などの利用者の安全面から、やむを得ない部分もあるのだが、飯田さんは違う方法で施設を運営できないかと模索した。

「先にリスクを考えると、『あれはダメ、これも危ない』になってしまう。だから、ある程度のリスクはこちらで負う覚悟で、信頼を前提にプログラムしました。そのほうが、利用する側も働く側も気持ちいいし、結果として効率的でした。うちの老人ホームは、玄関もエレベーターもロックしていませんが、二〇〇三年に開設して以来、問題なくやれています」

飯田さんが理事長を務める社会福祉法人の名称は、「福祉楽団」。このネーミングにも、熱い思いが込められている。

「施設の利用者やご家族、地域の人たち、職員……それぞれ違う個性をもったみんなが集まって、オーケストラのように一つの作品をつくっていけたら」

障がい者が激うまハムをつくる

実は飯田さん、「恋する豚研究所」の代表取締役でもある。豚肉やハム、ベーコンなどを販売する会社で、二〇一二年に立ち上げた。

商品はすべて、福祉楽団の就労支援センターで障がいのある人たちが製造したものだ。

「伯父が養豚をやっていて、安全でおいしい豚肉を一生懸命つくっている。それを福祉につなげれば、障がい者にちゃんとしたお給料を払えるんじゃないかと思ったんですよ」

障がい者が就労支援施設で働いてもらう賃金は驚くほど低い。「B型事業所」は居場所の確保という意味合いが強く、一カ月の工賃は、全国平均で一万五千円ちょっと。雇用契約を結んで給料をもらいながら利用する「A型事業所」でも、七万七百二十円だ（二〇一六年）。

僕がずっと応援している宮城県の施設「虹の園」では、四万円出したいとがんばっているけれど、まだ達成できていない。

「恋する豚はA型施設。今、平均すると七万五千円ぐらいですが、十万円を目指しています」

と、飯田さん。これはめちゃくちゃすごいことだ。

恋する豚研究所のハムを味見し、驚いた。うまい。肉の味が濃く、脂は甘くてさっぱりしている。それもそのはず、伯父さんの農場の豚は、パンの耳や野菜などに生きた乳酸菌と麹菌を加えて発酵させた自家製の餌を食べて育つという。飯田さんたちのハムやベーコンが都内の高級スーパーや百貨店で販売され、人気を得ているのも納得だ。緑色のポップなロゴが躍るパッケージも、おしゃれ。

「ハムやソーセージ売り場を見ると、楷書で『超熟成』とかって書いてあるものがほとんど。うちの商品は、東横線の自由が丘あたりに住んでいる女性をターゲットにデザインしてもらいました」

恋する豚というブランド名は、「豚も恋すればおいしくなる」というイメージでつけたそうだ。いいなあ、遊び心があって。

千葉県香取市にある製造工場には、レストランが併設されていて、こちらも大人気。緑豊かな自然の中で、「恋する豚」や地元の野菜を使った定食を味わいたいと、たくさんの人が押し寄せる。

商品やレストランの売り上げが伸びれば、工場や店で働く障がい者の給料を増やすことができる。しかし、パッケージにも店内にも、障がいのある人たちが携わっているという表記は一切ない。

「福祉を売りにも言い訳にもしないで、高品質なブランドとして売っていく。そう決意していますから」

遊び心で曇天に風穴を開けろ

飯田大輔というリスクを恐れないチャレンジャーは、福祉と農業の次に、福祉と教育を結びつけた。経済的な理由で学習塾に行けない子どもたちに、元教師や学生などのボランティアをマッチング。無料で勉強を教える「寺子屋」をオープンしたのである。

さらに、「薪《たきぎ》プロジェクト」なるものにも取り組み始めたという。

「山の世話をする人がいなくなり、里山は荒れる一方です。これは、なんとかしなくちゃいけないな、と思いまして」

お年寄りに教えてもらいながら、里山の手入れをし、間伐材を薪に加工したらどうだろう。作業工程をシンプルにすれば、障がい者の新たな仕事が生まれ、高齢者の生きがいにもつながる。薪をエネルギーとして普及させることで、電力消費量も少しは抑えられるんじゃないか。きれいになった里山は癒やしの場となり、地域の人たちの笑顔も増えていくはず……。

彼の構想を聞いているうちに、僕までワクワクしてきた。

上／馬場さんが経営企画室室長を務める特別養護老人施設、ミノワホームには、要介護３～５と認定されたお年寄りたちが暮らしている。
下／「恋する豚研究所」の２階にあるレストラン。おいしい豚肉を使ったランチが人気で、土日には行列もできる。
©KOISURUBUTA-LABORATORY

「これまでの福祉の枠を超え、地域全体をケアしていくという発想で、今後も思いついたことをどんどんやっていくつもりです」

考えてみると、これまで介護や福祉というのは、ずっと一点突破型だった。自分たちの世界の中だけで、質を高めていくことにこだわり、自ら視野を狭めてしまっていた。今のままでは、いくら真面目にがんばっても、どん詰まりだ。

飯田さんや馬場さんのチャレンジは、そんな福祉の世界に新しい風を吹き込んでいる。閉塞した日本社会に革命を起こす予感がする。

高齢者の介護も、障がい者の雇用も、経済格差にともなう教育格差も、農業や林業、エネルギーや環境の問題も、すべてが関わり合っている。命や生きがいを守ろうと思うなら、多角的にチャレンジしていくことが大事。

そうすればリスクも増えるけれど、新たな地平が開ける。いろんなジャンルや年代の人が手をつなぐことで、今まで解決できなかった問題が一気に片づく可能性だってある。弱い人の立場に必ず立つという原点さえ押さえておけば、あとは何でもありでいいんじゃないかな。

二〇一八年六月で僕は七十歳になる。でも、これからも遊び心を忘れず、どんどん改革を進めていこうと思っている。

第2章

自分の限界を決めるのは、自分だ

小さな本屋さんは、発信基地になった

ロサンゼルスのダウンタウンに「ザ・ラスト・ブックストア」という店がある。オーナーは、事故で下半身不随になった本を愛してやまない男。

町の本屋さんが次々と廃業に追い込まれていく中、そんな時代の流れへの皮肉と抵抗を店名に込め、オンラインビジネスで儲けたお金で開いたらしい。

書店が町から消えていく時代に抗う

かつて銀行だった建物を改装したザ・ラスト・ブックストアは二百八十坪もあり、美術館か図書館のよう。工夫を凝らした展示で話題を呼び、今やガイドブックに載る人気スポットだ。くつろいで本を読めるコーナーが、あちこちに設けられている。

まさに夢の本屋さん。こんな空間で一日を過ごせたら、どんなに幸せだろうと思った。

日本でも町から書店がどんどん消えている。二〇〇〇年には二万千五百店ほどあったが、二〇一四年には約一万四千店に減ってしまった。

ある調査によれば、二〇一六年五月一カ月間の平均読書冊数は、小学生で十一・四冊、中学生で四・二冊、高校生が一・四冊。小学校で本を読む習慣をつけた子どもたちがだんだん読書に興味をなくしたり、受験勉強や部活動が忙しくなったりして、本を読まない大人になっていく。二〇一八年に公表された学生生活調査では、一日の読書時間ゼロ分と答えた大学生が五割を超えていた。

こんな状況に少しでも歯止めをかけたいと、僕は書店でのミニ講演会やサイン会を引き受けてきた。ただ、出版社が選ぶのは、たいてい大型書店。出版不況の中でがんばっている、町の小さな本屋さんで講演したいと思った。

千人のお客の名前と顔、読書傾向が頭の中に

二〇一四年五月、大阪の隆祥館《りゅうしょうかん》書店でトークイベントを行った。大阪市中央区安堂寺町《あんどうじ》。地下鉄・谷町六丁目駅のそばにある、わずか十三坪の小さな店だ。

店主が選んだ「お勧め本コーナー」を見て、お、やるなと唸った。バラエティに富んだ、それでいて一本筋が通ったセレクション。ほかの棚や平台にも手書きのポップや書評記事があちこちに。「読んでみたい」と背中を押される。

店主の二村《ふたむら》知子さんは、なんと千人ぐらいのお客さんの名前と顔、読書傾向が頭に入っているという。

常連のおばあちゃんに「あれ、ある?」と聞かれただけで、定期購読している雑誌を棚から取り出す。新刊が出ると、「これはKさんの好み」「この作家はNさんが気に入りそう」と取り置きし、来店時に勧めてみる。

購入した人の多くが、「面白かった」「勉強になった」と喜び、また彼女のお勧めを買っていく。これってすごいことだ。

隆祥館書店は一九五二年に父、善明さんが創業した。知子さんが店で働き始めたのは三十代半ば。離婚がきっかけだったという。

書店経営のことなど何もわからない。でも、単に本を売るのでなく、お客さんとの触れ合いを大切にしたいと思った。

忙しくても世間話に応じ、悩みや不安や愚痴に耳を傾ける。思わずもらい泣きしたり、一緒に対策を考えたり。そんな接客を続けてきたから、常連一人ひとりに合った本を自信をもって勧められるんだろう。

「『なくなってほしくない』と言われる本屋になりたい」

これが彼女の信念。「本を買うなら隆祥館で」と、わざわざ遠方からやって来る人も多い。

知子さんの話を聞きながら、僕はザ・ラスト・ブックストアを思い出していた。あっちは二十倍以上の広さで、お金も一万倍ぐらいかけていそうだけど、オーナーの熱い思いじゃ負けていない。

作家のミニ講演会で、読者との触れ合いの場を

隆祥館書店が店を構えるビルの八階は、多目的ルーム。そこで彼女は毎月数回、「作家と読者の集い」を開催している。

第一回は二〇一一年十月、ゲストは百田《ひゃくた》尚樹さんだった。彼のデビュー作『永遠の0《ゼロ》』を読んだお客さんと雑談中、「なぜあんなに詳しく戦争中の話が書けるのか、直接会って聞いてみたい」という言葉に発奮。百田さんを口説き落とした。

その後も、これはと思う本が刊行されると、出版社を通して著者に依頼。熱意に打たれ、すでに百九十人以上が隆祥館書店を訪れている。芥川賞作家や直木賞作家、終末期医療専門医で作家の久坂部羊《くさかべよう》、ジャーナリストの佐高信《さたかまこと》に堤《つつみ》未果、社会活動家の湯浅誠、NASAジェット推進研究所の小野雅裕、思想家の内田樹《たつる》、武術家の甲野善紀《こうのよしのり》、元ラグビー選手の平尾剛《つよし》、本格ミステリーの第一人者、有栖川有栖《ありすがわありす》、ホリエモンこと堀江貴文……。最近は出版社のほうから、「○○さんの新刊が出るのでイベントをさせてもらえませんか」などと声がかかるという。

僕もこれまでに四度、招いていただいた。トークをしたあと、来場者の質問に応じる。狭いスペースだから互いの距離が近い。作者にとっても、読者の感想を生で聞き、やりとりできるのは貴重な体験だ。

知子さんは、本の目利きとしてだけでなく、業界きってのセールスパーソンとしても名高い。僕が二〇一七年二月末に出した『検査なんか嫌いだ』という本を、三月に講演に行くまでの半月ほどで九十冊売ってくれた。百田尚樹さんの『海賊とよばれた男』は、発売から半年で上下巻合わせ八百冊。繁華街の大型書店並みの販売数に、「この規模と立地の店ではあり得ない」と関係者を驚かせた。

百田さんをめぐって、父親と激しい言い争いをしたことがあるという。『海賊とよばれた男』を大量発注して間もなく、「南京大虐殺はなかった」「従軍慰安婦はウソ」といった百田さんの発言がマスコミで報道された。

善明さんは激怒した。

「そんなことを言うやつの本は、うちには置かん。返本してしまえ」

善明さんは根っからの平和主義者。朝鮮戦争の最中、日本が米軍の兵站《へいたん》基地化していることに反対するデモ隊と警官隊が衝突。二百人を超える市民が逮捕された。吹田《すいた》事件。当時、高校生だった彼は最年少の逮捕者だった。

父の気持ちは痛いほどわかったが、知子さんは逆らった。

「百田さんの発言は私も納得できない。そやけど私は、あの本の主人公のモデル、出光《いでみつ》佐三《さぞう》の生き方を、もっとたくさんの人に知ってほしい。返本はしません」

ブックストア・オブ・ドリームス

その後、善明さんが他界したため、複雑な思いを抱き続けてきたのだろう。講演に行ったとき、こう質問された。

上／隆祥館書店の店頭に立つ二村知子さん。
©伊藤菜々子
下／父、善明さんと2011年撮影。この４年後にお父さんが亡くなり、店長を継いだ。
©本野克佳

「父に申し訳ないと思いながら、私は百田さんの本を売りまくった。その後、『海賊とよばれた男』は本屋大賞を受賞し、大ベストセラーになりました。鎌田先生、私の行動をどう思いますか。私は本の目利きはできても、人に対する目利きができないのかもしれない……」

僕は答えた。

「いや、人間はどんな考えをもっていてもいいんだ。その人流の表現を自由にしていい。どう受け取るかは、読者一人ひとりが決めること。僕は百田さんと絶対友達にならないだろうけどね（笑）。

百田さんのあと、二村さんは『原発と戦争を推し進める愚かな国、日本』を書いた小出裕章《こいでひろあき》さんを招き、百十冊も本を売ったでしょ。このバランスが素晴らしいんです。ある偏った考えをもつ人の講演会をしたら、次は反対の意見を言う人を呼べばいいだけ。バランスを失わない限り、隆祥館書店は〝夢の本屋さん〟であり続けると思うな」

知子さんと話すうち、二本の映画が頭に浮かんできた。

一つは、ケビン・コスナー主演の『フィールド・オブ・ドリームス』。何かの声が聞こえて、自分の農場を野球場に変える。すると、死んだはずの大リーガーたちが現れ、野球を始める。やがて、死別した父親も……。隆祥館書店という〝ブックストア・オブ・ドリームス〟を守っていたら、あの世から善明さんが戻ってきそうな気がする。

『華氏451』にさせない

二つ目は、レイ・ブラッドベリの原作をフランソワ・トリュフォー監督が映像化した『華氏451』だ。

物語の舞台は、書物が有害とされた世界。本を持っているだけで密告され、逮捕される。見つかった本は燃やされてしまう。

本を読まなくなった人々は思考しなくなり、権力者が簡単に操ることのできる愚民となっていく。華氏四百五十一度（摂氏二百三十三度）とは、火をつけなくても自然に紙が燃え出す温度のこと。

書物の捜索と焼却を手がける「ファイアマン」の主人公は、本を愛する女性と出会ったのをきっかけに、自分の仕事に疑いを持ち始める。活字の魅力に目覚め、やがて追われる身となって、ある場所に辿り着く。

そこに隠れ住む「本の人々」は、読んだ本の内容を必死に暗記していた。すべての書物が焼かれても、後世に物語を残すために……。

本のない世界なんて、僕には想像できない。本を読む人たちがたくさんいて、町の本屋さんが元気な日本がいいなあ。

直木三十五が生まれ育った安堂寺町で、知子さんは『フィールド・オブ・ドリームス』の主人公のようにロマンチストだった父のバトンを受け継いだ。そして、この国が『華氏451』の世界にならないよう、次の世代へと本を受け渡そうとしている。「なくなってほしくない」夢の本屋であり続けている。

限界を決めない。それが限界を超えるコツ

隆祥館書店の営業は、月曜から土曜が八時半から二十三時まで。日・祝日が十時半から二十時。配達も月に千件近く行っている。

電話やネットで注文を受け、企業はもちろん、忙しくて来店できない人、足腰の弱ったお年寄りや妊婦さんなどに届けるのだ。彼女も一日十五時間は働いているという。

「超ブラック企業なんです（笑）」

それほどがんばっていても、経営は厳しい。本の代金のうち書店の取り分は約二二％。運営費や人件費を引いた純益は、千円の本で二十円ほどだ。しかも評判のベストセラーなどは、小さな書店だとなかなか配本してもらえない。

二〇一五年にお父さんが八十歳で亡くなったとき、弟妹と三人で議論した。「借金もあるん

だから、店を畳んだほうがいい」というのが、医者になった弟さんの意見。でも結局、「続けたい」という知子さんの意志を尊重してくれた。

「仕事は大変。だけど面白い。ここは、私が私らしくいられる場所なんです」

三十歳のとき、離婚をめぐる心労から知子さんは心身のバランスを崩した。二十年近く、一人では電車に乗れなかった。

「人間不信に陥り、自信を失い、死んでしまおうと考えたこともあります。でも、本に救われた。自分が感動した本をお客さんに勧めてみたら、『すごく面白かった』と喜んでもらえた。そんなことを繰り返すうち、私には生きる価値があるんだと思えるようになったんです。少しずつ、心も前向きになっていきました」

離婚当時、中学生だった娘の真弓さんは、やがて母親のために臨床心理士の資格を取った。今はスクールカウンセラーとして働いている。彼女も言う。

「このお店は、母を再生させてくれた場所。ここで接客することが、心のリハビリになったんだと思います」

忙しい仕事の合間を縫って、知子さんは週に一度、一般の女性たちにマスターズ・シンクロナイズドスイミングを教えている。実は彼女、シンクロ界のレジェンド、井村雅代さんに鍛えられ、日本代表チームの一員として活躍していたこともあるのだ。

「私が『もう限界です』と言うと、井村先生は『限界はあんたが決めることとちゃう、あたしが決める』と。あの言葉は今も頭の中に残っています」

これが自分の限界、十三坪の書店の限界だなんて決めつけず、できることを懸命にやり続ける。そうして何度も限界を超えてきた。

「これからも話題作だけでなく、テレビが報道しない真実を書いた感動できる作品を届けなあかん、と思っています。本を読まない人たちにも、『作家と読者の集い』に来てくれるよう呼びかけて、本の魅力に気づいてもらえるようにしていきたい」

そう話す彼女の隣で、うんうんと頷きながら笑顔を浮かべている善明さんが見えたような気がした。

島の孤立を救った男

あの男はどうしているだろう。十六メートルの巨大な波に立ち向かった「ひまわり」も、元気に東北の海を走っているだろうか。ときどき無性に、彼の力強い笑顔を見たくなり、ひまわりに乗りたくなる。

震災で港も連絡船も流失。島は孤立した

東日本大震災のあと、僕は医療支援のため東北の被災地を回り続けていた。

宮城県気仙沼《けせんぬま》市の大島《おおしま》を訪れたのは、二〇一一年五月のことだった。ボランティア仲間から、循環式の水洗トイレを初めて避難所に搬入するので見にきてほしい、と頼まれたのだ。

気仙沼湾に浮かぶ大島には、震災前、約三千二百人が暮らしていた。東北最大の有人島。気仙沼港から船で二十五分ほどの距離にある。

津波で陸に打ち上げられた大型フェリーに代わって、船首の左右に「ひまわり」と書かれた小さな船がお客を運んでいた。

いかにも海の男という感じの初老の船長が、僕を見て「あっ」と声を上げた。

「鎌田先生でしょ？　俺、新聞や雑誌で先生の記事を見つけると、いつも切り抜いていたんですよ。みんな津波で流されちゃったけど」

それが、菅原進との出会いだった。大島生まれで、当時六十九歳。


中学を卒業すると、菅原さんは漁師見習いになった。働きながら勉強して機関士の国家資格を取り、マグロ船に乗って世界を回った。

稼いだお金で自分の船を手に入れたのは、二十九歳のとき。大島と気仙沼を結ぶ臨時連絡船の仕事を始めるためだ。

大島汽船が運航している定期便のフェリーは、朝六時の大島発が始発で、夜七時の気仙沼発が最終。夜間に行き来ができず、島のみんなが困っていた。だから、「海のタクシー」になろうと思ったという。

依頼があれば、深夜でも船を出す。定期便の最終に乗り遅れた人、島の診療所では対処できない急病人や産婦さん……。「ひまわり」と名づけられた小さな船は、震災前から島のみんなの足として活躍してきた。

二〇一一年三月十一日、大津波に襲われた東北の港では、ほとんどの船が使い物にならなくなった。大島で残ったのは、菅原さんの愛船、三代目のひまわりだけだった。

いったいどうやって船を守ったのか。震災の二カ月後、僕は手に汗握りながら、彼の体験談に耳を傾けた。

巨大な波の壁に向かって突き進め

あの日の午後、菅原さんは夜間の仕事に備え家で休んでいたという。二時四十六分、突然、不気味な音が地の底から響いてきた。

ゴォ――――――――ッ。

地鳴りだ。そう思った次の瞬間、激しい揺れが来た。

こんな揺れ方は経験したことがない。島に伝わる室町時代の大地震の話を思い出した。巨大な津波で大島が三つにちぎれたという。

「とにかく高いところへ逃げろ！」

家にいた娘や孫、海の様子を見に来た消防士たちにそう告げ、港へと向かった。船を舫《もや》っている浜は、濁った土色の海水に浸っていた。すでに長靴の履き口ギリギリまで水位が上昇している。

押し波だ！　どデカい津波が来る!!

半世紀以上、海で生きてきた男の勘だった。

マグロ船時代に聞いた言葉を思い出し、菅原さんはひまわりに飛び乗った。

「遠くの時化《しけ》は早く逃げろ。近くの時化は向かっていけ」

押し寄せる分厚い波に抗い、エンジン全開で沖を目指した。なかなか前に進めず、ともすれば港のほうへ押し戻されてしまう。それでもなんとか湾の出口に近づいたとき、前方の海が突然、盛り上がり始めた。

外海から狭い湾へと流れ込んだ波は、急激に高さとエネルギーを増す。そそり立つ真っ黒な壁が、すさまじい勢いで迫ってくるように見えた。これまでで最大の津波だった。

思わず、救命胴衣に手を伸ばした。でも、届かない……。覚悟を決め、操舵室のドアに鍵をかけた。

「ひまわり、行くぞ。俺たちは一心同体。死ぬも生きるも一緒だ」

長年苦楽を共にしてきた相棒に声をかけると、波にのまれないよう全速力で巨大な壁に向かった。

ひまわりは十五、六メートルを一気に駆け登っていく。そして、波のてっぺんで船首を上に直立したかと思うと、ジェットコースターのように下り始めた。

衝撃で船が壊れるのを避けるため、菅原さんはギアをバックに入れてスピードを殺した。さらに船の角度を調整し、波を横になめるようにして滑り降りた。

大津波を四度乗り越えた小さな船

次々に襲ってくる大波を四度乗り越えたあと、今度は逆に猛烈な引き波が始まった。家が何軒も連なって流れてくる。根こそぎにされた木々、ひっくり返って船底を見せている大きな船、電信柱、トラック……。

知り合いの船が転覆するのがちらりと見えた。助けたくても、どうすることもできない。ひまわりも、すさまじい力で沖へと引っ張られていく。

このままじゃ港に戻れなくなる。よし、潮目に行こう。

速さの異なる潮がぶつかり合う潮目は、海の緩衝地帯。引き波の勢いもそがれるはず。そう考え、瓦礫《がれき》を必死で避けながら潮目を探した。木切れ一つでも巻き込んでスクリューが壊れたら、一巻の終わりなのだ。

やっと辿り着いた潮目で、心配や焦りを抑え込み、波が静まるのをひたすら待った。それから、海を埋め尽くす瓦礫の合間を縫って、ゆっくり慎重に帰途に着いた。

大島が見えてきたのは、朝五時過ぎ。とてつもない惨状に、息をのんだ。たくさんの船が港に打ち上げられている。家々は、ほぼ見渡す限り壊れていた。

菅原さんが、大工をしているお義兄《にい》さんに手伝ってもらいながら建てた家も、全壊。でも、家族はみんな無事だった。

もうすぐ七十歳の男が、島の「命綱」になった

停電し、ひまわり以外の船を失った島は、孤立していた。情報を得るため、菅原さんは翌々日、気仙沼港に向かう。

津波に加え大規模火災に見舞われた港の周辺は一面、焼け野原。呆然と立ち尽くしていると、わらわら人が集まってきた。

「あ、ひまわりだ。乗せて乗せて」

「俺も頼む。フェリーも桟橋も壊れちまって、定期便はいつ再開するか見当もつかないっていうんだ」

「私たちもお願い」

大島の外に働きに出たまま戻れなくなった人や、島に住む親を心配して駆けつけた人たちが、競うように訴えてくる。

菅原さんは、みんなを落ち着かせようと力強く答えた。

「大丈夫、全員乗せるから。何度でも行ったり来たりするから」

ひまわりは基本、十二人乗りだが、特例として四十二人まで乗船が認められた。島に渡る唯一の交通手段だったから、連日、長い行列ができた。

知り合いもお偉方も有名人も特別扱いせず、並んで待ってもらうのが菅原さんの流儀。ただ、生後間もない赤ちゃんを抱いたお母さんが来たときだけは、特別扱いさせてもらったという。

「ぎゅうぎゅう詰めの船内で、赤ちゃんのまわりだけ隙間があった。こんな大変な中、生まれてきてくれた新しい命を、みんなで守ろうとしていたんだ。うれしくて、もっとがんばろうと思ったよ」

定期便のフェリーが再開するまで、菅原さんは早朝から深夜まで休むことなく島と気仙沼港を往復した。救援物資も、全国から集まってきたボランティアも、この小さな船が運んだのだ。

僕が渡船代を払おうとしたら、菅原さんは首を横に振った。ひまわりの運賃は、大人で片道三百円。もともとフェリーより安かったが、震災後はずっと無料で運航しているという。

「みんな大変なんだ。今はお金なんかもらえないよ。鎌田先生が払わなきゃ気がすまないっていうなら、そこの箱に気持ちだけ入れてくれればいい。でも、それより、また来てくれよ」

箱にたまった「気持ち」は、「菅原さん、全額、寄付しちゃってるんだよ」と船に乗り合わせた人から聞いた。

菅原さん自身も家を失い、元そろばん塾だった古い小さな建物で、ご近所さんたちと十一人で暮らしているのに。船の燃料代だって高いだろうに……。

すごい男だ。強くて、大きくて、あったかい。

使えるものはすべて使い、全力で生きる

「また来てくれよ」という彼の言葉に、僕は「うん」と頷いた。

その約束を果たさなければ……。ずっとそう思いながら、東北には何度も支援に行っていたものの、なかなか大島まで足を延ばせずにいた。

菅原さんとひまわりに再会できたのは、二〇一七年の二月三日。

その日、僕はまず岩手県の大船渡《おおふなと》市を訪れた。「被災地で地域包括ケアをどうつくるか」という講演をするためだ。

演歌歌手、神野美伽《しんのみか》さんの応援コンサート付きで、参加費は無料。千二百名を超える応募があった。

僕の話に笑って泣いて、神野さんの歌でエンパワーされて、最後は満員のお客さんが総立ち。歌に合わせて踊り出す人もいた。

午後四時にイベントが終わり、車を飛ばして夜八時、気仙沼港に着いた。ひまわりを岸に舫っていた菅原さんに声をかけた。

五年九カ月分、歳を取った男が振り向いた。連絡せず突然訪ねたので、目を丸くしている。

「菅原さん、約束を守って来たぞ」

「本当にまた来てくれるなんて思わなかった。うれしい」

老船長の目に涙が光る。男同士で抱き合った。

その夜は挨拶とハグだけで別れ、翌朝、「新築祝い」の熨斗《のし》をつけた一升瓶を二本抱え、ひまわりに乗り込んだ。なんと菅原さん、全壊した海沿いの家の材料を活用し、高台に自分で新居を建ててしまったのだ。

上／気仙沼と大島を結ぶ臨時連絡船「ひまわり」。舳に立っているのは船長の菅原進さん。
下／菅原さんの新居で語らいながらパチリ。大島のみんなは、親しみと尊敬を込めて彼を「ひまわりさん」と呼ぶ。

「前の家も心血を注いでつくったから、愛着があってね。普通はブルドーザーで一気に潰しちゃうけど、俺はみんなと違う復興をしようと思ったんだ。

使えるものは全部使う。潮にあたった柱も天井板も、釘を抜いて全部バラして小川で洗い、できるだけ捨てないようにした。釘だって錆びないようよく洗ったあと、叩いて伸ばしてもう一回使う。ひまわりの運航がない早朝や夜中にコツコツやったから、壊れた家を解体して材木と釘を再生するだけで一年半かかったよ」

それから新たに土地を買い、間取りも何も前と同じ家を三年半かけて建てた。戸棚の引き戸や襖《ふすま》はこれからつくるという。素晴らしい家だった。

また応援に行く。人間と人間の約束だ

菅原さんの家から、さだまさしさんに電話した。彼も大島で復興支援コンサートをしたとき、ひまわりに乗ったと聞いていたから。

「今、大島にいるんだ」と言うと、間髪を入れず、「お、菅原進さんのところ?」。「次は二人で大島にボランティアに来よう」と盛り上がった。

菅原進は磁石のような男だ。明るくて前向きで、くじけない彼に吸い寄せられ、人が集まってくる。

一日じゅう、菅原さんの話を聞き、気仙沼まで送ってもらった。もう夜が来ていた。男同士で再びハグをして別れた。

別れ際、「菅原さんの復興度は何パーセント？」と聞いてみた。

「津波が来てから、俺は一生懸命走り続けた。上を見ればきりがないが、やれる範囲のことはやってきた。自分の力を出し切って生きてきた。

だから、俺の復興度は一〇〇％。でも、島や町の復興はまだ半分なんだ。先生、またみんなを応援に来てくれよ」

「うん、必ず」

また新しい約束ができた。人間と人間の約束だ。


時代は流れる。大島と本土を結ぶ、東日本で最も長い橋が架かることになった。開通予定は、二〇一九年三月。

気仙沼大島大橋、愛称「鶴亀大橋」が開通すれば、車でいつでも行き来できるようになる。

臨時連絡船ひまわりは役目を終え、廃船になる。

それを知って、次々に惜しむ声が上がった。

船だけでも残せないか。ひまわりは五十年近くも島と本土をつなぎ、たくさんの命を救ってくれた。大津波を四度も乗り越えて生き延び、島の命綱として大活躍してくれた。この小さな船は、負けない心と強い絆のシンボルだ。よし、「ひまわりを保存する会」をつくろう！

さだまさしさんと僕にも声がかかり、二人で応援しようと決めた。二〇一八年三月二十一日には、東京・有楽町でチャリティーコンサートを開いた。

本当に保存できるかどうかは、まだわからない。今後どれだけ賛同者が増えるかにかかっている。

ただ、一つだけ確かなことがある。鶴亀大橋の開通式でテープカットされるその瞬間まで、菅原進がやることは変わらない。全力でひまわりを操り、急病人や急ぎの用事のある人たちを運び続けているはずだ。

服は大事。外見が人生を変える

大分県で特殊な洋服づくりを続ける女性が、なんと吉川英治文化賞に輝いた。吉川英治といえば、『宮本武蔵』や『新・平家物語』を書いた昭和の国民文学作家。その名を冠した賞を、洋服のデザイナーが受賞したのだ。いったい、なぜだろう。

着替えは気替えに通じる

着たい服を自分で選び、おしゃれを楽しめるというのは、人間が生きていくうえでとても大事なことだ。

それを再認識させてくれたのが、大分県在住の服飾デザイナー、鶴丸礼子さん。体に障がいのある人たちの服をオーダーメイドでつくり続けている。

僕が立ち上げた「がんばらない介護生活を考える会」では毎年、十一月十一日の「介護の日」や、その前後に東京都内でイベントを行っている。鶴丸さんにも協力してもらってきた。彼女のブースには、いつも人だかりができる。

奈良真知子さん、芳和さん夫妻。真知子さんの和服をリメイクしておそろいのシャツに。©瀬尾泰章

それもそのはず、鶴丸礼子の服は、どんな体形だろうとぴったりフィットする。着たり脱いだりしやすく、動きやすいよう工夫されている。しかも、すごくおしゃれ。その人の個性を引き出し、輝かせる服なのだ。

『鶴丸メソッド　メディカルファッション®』という本を見れば、僕の言葉がウソじゃないとわかるはず。鶴丸さんに服をオーダーした障がい者自身がモデルを務めた写真集だ。

側彎《そくわん》症のため背骨が大きく曲がっている奈良真知子さん。六十歳ぐらいで、身長は一メートルちょっとだろうか。

子供服しかサイズが合わず、しかも背中の膨らみに後ろ布を取られるのが悩みの種だった。そんな彼女が、和服をリメイクした花模様のワンピースドレスに身を包み、幸せ溢れる笑顔で写っている。写真に添えられた言葉も印象的だ。

〈可愛い自分に出会わないまま人生を終わらせるのはもったいない!!〉

ページをめくると、ご主人とのツーショット。おそろいの赤いチェックのシャツがよく似合っている。キュートだ！　カッコいい！

夫の芳和さんは先天性多発性関節拘縮症。腕がほとんど上がらず、左右の脚の長さも違う。それをカバーするデザインと着やすさを兼ね備えたシャツに、大満足。

障がいのある人たちは、おしゃれをあきらめている。自分の好みや体形に合わなくても、がまんして出来合いの服を着ている人が多い。

僕たちの生活を振り返ってみよう。気分が滅入っているとき、今日は華やかな色のシャツにしようなんて考える。帽子の好きな僕は、派手なデザインのハンチングをかぶって気合いを入れる。「着替え」は「気替え」に通じるのだ。

障がいがあっても同じ。むしろ、障がい者のほうがずっとストレスが大きい。街へ出て行くハードルも、健常者には想像できないほど高い。そんなとき、おしゃれな勝負服が一着でもあれば、外出する元気と勇気が湧いてくるのではないか。

服で「今の自分」をブチ壊す

写真集の表紙の男性は、豊田昭知さん。小児麻痺のため脊髄が彎曲し、足と右手も不自由。電動車いすに乗っている。

鶴丸さんとの出会いは二〇一四年。母親の一周忌の法要に着る礼服が欲しくて、アトリエを

真っ赤なライダースジャケットとカポネのような帽子でカッコよく決めた豊田昭知さん。©瀬尾泰章

訪ねた。スタンドカラーのしゃれた礼服に初めて袖を通したときの驚きを、こうつづっている。

〈着ている感じがしないくらい軽く感じた〉

〈デザインもさることながら（中略）フィット感と機能性は抜群だった〉

表紙の写真で着ているのは、還暦祝いに奥さんがオーダーしてくれたライダースジャケット。ミラノから取り寄せた真っ赤なウールで仕立て、襟に黒レザーをあしらってある。裏地と共布のアスコットタイと、アル・カポネのような帽子がめちゃくちゃカッコいい。

なんと彼は、女装にもチャレンジしている。ドレスを着てメイクをした写真と、豊田さんのコメントに胸が熱くなった。

〈今の自分をブチ壊す。先ずは有り得ない自分になってみる〉

〈もう一度新たな自分に生まれ変わった気持ちで人生を生き直したい〉

服によって「変身」できることを実感した豊田さんは、全国

視覚障がいのある道音さつきさん。袖口のラインストーンの飾りは、チュニックの色「コバルトブルー」を意味する点字。
©瀬尾泰章

障がい者ファッション協会の会長に就任。鶴丸さんとタッグを組み、障がい者のファッションショーなどを行っている。今後も社会にどんどん新しい提案をしていきたいという。

服が一人の男の人生を変えた。服は生きるための大きな力になるんだ。

人間にとって大事なのは、見た目ではなく心だとよく言われる。みんなわかっている。でも人生に躓いたとき、外見を変えてみると、中身も変わっていったりする。逆に、中身が変わっていくにつれ、外見も変わる。外見と中身は、密接に関わっているんだと思う。

おしゃれをしたら外に出る勇気が湧いてきた

道音《みちおと》さつきさんは右目が義眼で、左目もわずかに見える程度。盲学校時代、双眼鏡で黒板の文字を見て勉強していた。

彼女のために鶴丸さんがつくったのは、鮮やかなコバルトブルーのチュニック。袖口と肩と裾に配したピンクのラインス

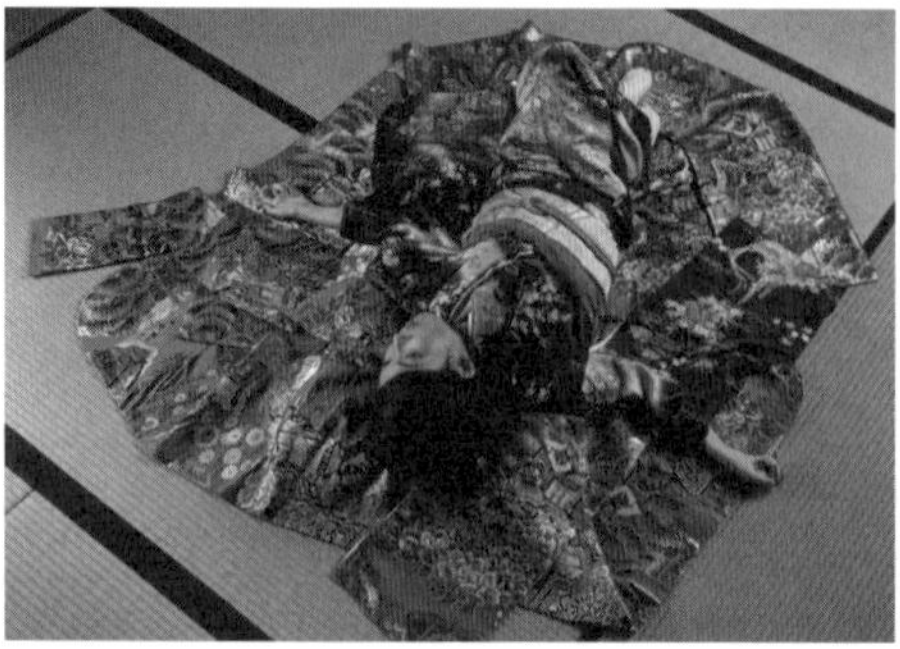

全身の筋肉が萎縮し衰えていく難病の和田恵利菜さん。母親が成人式に着た和服を、彼女にも着られるよう仕立て直した。©瀬尾泰章

トーンも、ただの飾りではない。「コバルトブルー」を意味する点字だ。無尽蔵にある青の中でも、とりわけ強く明るく美しいこの色が、道音さんに似合うことを伝えたかったという。

青の中の青をまとい、撮影用のメイクをしてもらった自分を見て、道音さんは前より自信がもてるようになった。その後、新しい化粧品を買いに行き、今まで使ったことのない色のアイシャドーも試してみた。

和田恵利菜さんは、全身の筋力が衰える脊髄性筋萎縮症。「母の振り袖を着て成人式に出たい」という夢を鶴丸さんに語った。

車いすに座った状態でも模様がつながって豪華に見えるよう、袖が床に着かないよう、鶴丸さんは着物を全部ほどき、柄をずらして長さを調整。再び縫い直した。体への負担を減らすため重さも二分の一にした。

さらに、車いすの上で姿勢を保持するためお腹に巻く黒いベルトが和装に合わないので、帯の生地でベルトをつくり、帯締めを縫いつけた。変形した足にピッタリの草履もお手製だ。

和田さんは写真集に、こんなメッセージを寄せている。

〈鶴丸さんが生み出す服は、『着やすさ・着せやすさ』と『着たい』のどちらも満たしてくれます。障害があっても、着られる服が限られていても、『着たい』という感情を持っていいんだ、ファッションによるおしゃれを楽しんでいいんだと教えてくれます。おしゃれを楽しめるようになると、外に出かけてみようという気持ちになります。その気持ちが大切なんだと私は思います〉

どんな体にもフィットし、個性を輝かせる服を

それにしても、なぜ鶴丸礼子は障がい者のための服づくりに力を注ぐのか。

ジバンシィのオートクチュールのアトリエを経て、一九八〇年に独立。自身のブランドを立ち上げた。転機が訪れたのは、三十代。脳出血で下半身不随になった元中学の校長先生から、「作務衣《さむえ》のような寝間着」をオーダーされたときだ。

歪《ゆが》んでしまった体のどこを測ればいいかすらわからない。採寸と試着、調整を何度も繰り返し恐縮する彼女に、元校長は言った。

「僕を教材にして、これからもこういう服をつくり続けてください」

彼が亡くなったとき、その寝間着を棺に入れてほしいと遺言するほど大事にしてくれていた

ことを知り、涙が溢れた。

やがて、鶴丸さんの仕事ぶりは口コミで広がり、全国から注文が舞い込み始める。骨形成不全症で両脚の長さが違うため、一度もズボンをはいたことのない六十代の女性。生まれつき重度の四肢麻痺で、寝たきりの青年……。一人ひとりの悩みや希望を丁寧に聞き取り、試行錯誤を重ねていった。

そうして十年がかりで完成させたのが、「鶴丸式製図法」という独自のメソッドだ。

体の前後左右四十六カ所を測り、依頼主と話し合って決めたデザインで型紙を起こす。その型紙をもとに、まず白の粗布で仮縫いをし、試着してもらって微調整。それから、実際の生地で仕立てる。時間と労力はかかるが、この方法なら一度採寸するだけで、どんな体形にもフィットし、その人の個性を輝かせる服をつくれるという。

着る喜びを感じる服は、心と体の薬になる

さまざまなハンデを抱えた人たちの注文に応え、千着以上の服を仕立ててきて、実感したことがある。

「自分の体と個性に合った〝着る喜び〟を感じられる服は、精神面でのカンフル剤になるだけじゃありません。痛み止めの量が減った方もたくさんいらっしゃいます。服は着る薬。衣料は

医療に通じる」

大分市にあるアトリエ&店舗の名前も、「服は着る薬」だ。

より多くの人に「着る薬」を提供したい。そう考えて後進の育成も始めた。苦労して身につけた製図法も技術も惜しみなく教えてしまうんだから、すごい。

視覚障がいのある道音さんも、写真集のモデルになったのを機に、鶴丸さんが講師を務める講座に参加。目が悪いからと断念した高校時代の夢、服飾デザイナーを目指し、本業であるオイルマッサージの仕事を終えてから毎日、縫い方の練習を続けている。

そんな彼女に、鶴丸さんもエールを送る。

「道音さんの熱意と上達の早さに驚いています。指先の感覚だけで縫えるようになれば、視覚障がいがあっても服づくりは可能です」


二〇一六年、鶴丸さんは第五十回吉川英治文化賞を受賞した。文豪、吉川英治の名を冠した伝統ある賞は、「日本の文化活動に著しく貢献した」人物やグループに贈られるという。とんでもなくすごい。華やかなファッションの主流から遠く離れたところで、おしゃれしたくてもできなかった人たちを輝かせてきた彼女の活動を、よく見つけ出したなと思う。

鶴丸さんは、多忙な中で時間を捻出し、厚生労働省や文部科学省に通っている。障がい者の衣服をつくる技術を国家資格にし、その資格をもつ技能士が制作する服に介護保険を適用してほしい――と訴えるためだ。

いずれは、作業療法士が各家庭で採寸し、服飾技能士がアトリエで服を仕立てる協働体制をつくりたいという。

面白い発想だ。住宅をバリアフリー化するときのように介護保険から補助金が出て、地域の作業療法士さんに採寸してもらえたら、誰でも「着る薬」を手に入れやすくなる。障がい者や高齢者がおしゃれを楽しみ、どんどん街に出て行けば、病気の悪化も防げるんじゃないか。「障がいがあっても外に出よう」と百万回励まされるより、着る喜びを感じられる服にはパワーがある。

鶴丸礼子の夢はデッカイ。

パラリンピック、あなたには何が見えた？

一九八〇年代の半ば、僕は「感動ポルノ」にはまっていた。

感動ポルノとは、障がいをもつ人たちを無意識のうちに「感動的物語」の対象としてとらえてしまう心理を皮肉った言葉だ。三十年前、この言葉はまだ生まれていなかったけれど、自分でも気づかないうちに、その罠に陥っていたのだ。

「感動ポルノ」という罠

当時、僕は長野県の蓼科《たてしな》で車いすテニスのジャパンカップを開催しようと懸命になっていた。親友の画家、原田泰治さんに応援してもらって絵本をつくり、お金を集めた。世界ランキング一位と三位の選手をアメリカから呼んだ。「あったかな関係」に酔っていた。

車いすテニスがパラリンピックの正式競技になったのは、一九九二年のバルセロナ大会。二〇〇六年、国枝慎吾選手がアジア人として初めて世界ランキング一位の座についた。残念ながらリオデジャネイロではシングルスのメダルを逃し、パラリンピック三連覇を達成できなかったが、今も世界の王者だ。

しかし一九八七年、「車いすテニスジャパンカップ イン 蓼科」を開いたときには、日本人がここまで強くなるなんて想像もつかなかった。日本の選手たちはアメリカ人選手に打ちのめされた。まるで子どもと大人の戦いだった。

そのとき、世界のトップクラスにいた選手と、僕もテニスをした。プロのスキーヤーとして活躍していた十代のとき、競技中の事故で下半身の自由を失ったという彼は、僕に激しいスマッシュを決めてきた。そして言った。

「俺たちはアスリートなんだ」

それ以上の批判は口にしなかったが、暗に「単なる福祉の対象じゃないぞ」と言いたいのはよくわかった。

彼のひと言が、僕を変えた。「障がいも個性の一つ」と考えられるようになったのだ。

「感動ポルノ」という言葉を初めて使ったのは、オーストラリアのコメディアン兼ジャーナリスト、故ステラ・ヤングさん。二〇一二年のことだ。

骨形成不全症の小さな体で車いすに乗った彼女が、ユーモアと皮肉たっぷりに語る映像がインターネットにアップされている。

「私は、みなさんの感動の対象ではありません」

健常者の感動を呼ぶために障がいのある人たちを取り上げる風潮を、彼女は痛烈に批判。ポルノという ショッキングな言葉をあえて用い、それって実は障がい者を「感動のための道具」としてモノ扱いしていることなのよ、と問題提起したのだ。

「障がいをもって生活するのは別に立派なことじゃない。なぜなら、障がいは悪いことではないから。私たちは、自分の身体能力を最大限に引き出しているだけ」

そんなステラさんの言葉を聞いて、三十年前の自分を思い出し、冷や汗が出た。障がいをもつ人たちを特別視し、「体が不自由なのにがんばっていて偉い。感動した。励まされた」なんて安易にほめたたえていたんだから、恥ずかしい。

めちゃイケメンの先生がいたから、生きる気になった

僕はNHKの放送番組審議会の委員をやっていた。二〇一六年八月末、障がい者のための情報バラエティー『バリバラ〜検証！「障害者×感動」の方程式』のDVDが送られてきた。

日本テレビ系の『24時間テレビ「愛は地球を救う」』と同じ日にEテレで生放送された番組で、「感動ポルノ」がキーワードだった。出演者たちは、「笑いは地球を救う」とプリントされた黄色いTシャツ姿。

『24時間テレビ』は多額の寄付を集め、障がい者や難病患者支援、災害への緊急支援などを行っている。寄付文化が根づいていない日本で、一九七八年から続くこの番組の貢献は大きい。しかし、過剰に感動を演出することで、「障がいという不幸を抱えながら前向きに生きる人たち」というステレオタイプの主人公もつくってきたような気がする。「みんなのためのバリアフリー・バラエティー」を標榜する『バリバラ』は、それに異を唱えたかったのだろう。

特に印象的だったのが、感動押しつけ型ドキュメンタリーの制作風景をコミカルに再現したVTR。多発性硬化症や重症筋無力症など、三つの難病を患うGさんという、アメリカ人の母をもつ女性が出ていた。北京オリンピックのアメリカ代表に内定していた元柔道選手。今は胸から下がほとんど動かず、両目もほぼ見えない。呼吸補助器をつけ、お腹に開けた穴から胃に直接、栄養剤や薬を入れている。

やがて死に至る進行性の難病と告げられたときの心境をディレクターに聞かれ、彼女はあっけらかんと答えた。

「病院にめっちゃイケメンの先生がいて、めっちゃテンション上がりまくりでした」

立ち直ったきっかけを問われると、

「まあ、時間が解決した、みたいな」

絶望のどん底に陥ったとか、親友のこんなひと言が再起のきっかけになったとか言ってもらいたい制作サイドは、期待を裏切る発言にアタフタ。そのたび画面に、「ここは感動ポルノでは『放送しない部分』」といったテロップが流れ、スタジオじゅうが笑いの渦に包まれた。

勝手に感動させないぞ

Gさんの二つの答えは、とても哲学的だ。人間のリアルだ。

絶望的な状況に陥っているときだって、きれいな看護師さんにときめき、ちょっと元気になったりする。おいしいものを食べた瞬間、生きる勇気が頭をもたげてきたりする。

時間が解決してくれるというのも、その通り。多くの人は、ドラマチックな出来事やステキな言葉だけじゃ立ち上がれない。時間こそが大きな力になるのだ。

彼女は、こんなことも言っていた。

「不幸な存在だと、勝手に思わないで」

二十四時間介護が必要だけれど、NPOのスタッフとして働き、電動車いすで講演に行く。恋をし、失恋もする。

なのに僕たちは、とかく障がいという属性だけを見てしまう。一人の人間として、その人をまるごと見ようとしない。

そんな状況を変えていくには、『24時間テレビ』も『バリバラ』も、どっちも必要なんだと思う。多様性が大事。これからもぜひ、「愛は地球を救う」と「笑いは地球を救う」を、同じ日に生放送してほしい。

パラリンピアンが突きつけた本物の感動

日テレとＮＨＫのバトルから十日後、リオデジャネイロパラリンピックが開幕した。

パラリンピックの原点は、イギリスのストーク・マンデヴィル病院で一九四八年に行われた競技大会。十六人の入院患者が車いすアーチェリーの腕を競った。

大会の中心的存在で「パラリンピックの父」と呼ばれるルートヴィヒ・グットマン医師は、戦争で脊髄を損傷し下半身が麻痺した患者たちに、こう声をかけていたという。

「失ったものを数えるな。残された機能を最大限に生かせ」

リオには、百五十九の国と地域から約四千三百人のパラリンピアンが集結。二十二競技・五百二十八種目が行われた。

選手一人ひとりにドラマがある。盛り上げるためのＢＧＭも演出も必用としない、本物の感動の連続だった。

パワーリフティング男子百七キロ超級（運動機能障がい）、イランのシアマンド・ラーマン選手。最後の試技に挑む彼を、僕はテレビの前で固唾《かたず》をのみ見守った。ベンチプレスの設定は

両腕がないイブラヒム・ハマト選手（男子卓球シングルス、エジプト代表）のサーブはすごかった。ボールを足指にはさんで空中に投げ、口にくわえたラケットで打つ。©AFP＝時事

三百十キロ。健常者の最高記録を三十五キロ上回る。バーベルをいったん胸の上に降ろし、絶叫しながら一気に持ち上げた。大記録達成だ。

ラーマン選手は幼少期、ポリオにかかって下半身が不自由になった。本来なら下半身に行く血液や栄養が上半身に回ることを逆手に取り、上半身の筋肉を徹底的に鍛えた。上半身に力を集中し爆発させる練習を重ねてきた。「東京大会ではもっと持ち上げたい」と言う。

陸上男子千五百メートル（視覚障がい）でも、すごい記録が出た。リオ五輪の優勝タイムを上回った選手が四人もいたのだ。オリンピックの同種目は優勝をめぐる駆け引きでスローペースだったから、一緒に走って勝てるというわけじゃない。でも、これまでのパラリンピックでは想像できなかった記録をたたき出すアスリートが次々に現れ始めているのは確かだ。

心の底から応援したくなったのは、卓球男子シングルス（立位6）に出場した、エジプトのイブラヒム・ハマト選手。当時

四十三歳。両腕がない。十歳のとき列車にはねられたという。

事故から三年後、好きだった卓球を再開。初めはラケットを脇に挟んだ。でも、うまくいかなかった。試行錯誤の末、口にくわえてプレーする独自のスタイルを確立した。まさに「失ったものを数えるな。残された機能を最大限に生かせ」だ。

特にサーブがすごい。ボールを右足の指にはさんで空中に放り上げ、頭を激しく振りながら、口にくわえたラケットで打つのだ。残念ながら二連敗し一次リーグで敗退したが、試合後のコメントにも心が震えた。

「強豪選手と対戦できて幸せだ。人生に不可能はない。それが私のメッセージ」

お涙ちょうだい物語から、人間の大きな可能性の物語へ

自転車女子Bクラス（視覚障がい）、二人乗りのタンデム自転車で走った日本のペアも忘れられない。目の見えない鹿沼《かぬま》由理恵選手が後ろに乗り、健常者の田中まい選手が前でハンドルを操作する。

二人は一度ペアを解消している。鹿沼選手は別の選手と組んだが、転倒して大けがを負い、元パートナーに声をかけた。田中選手は、日本「ガールズケイリン」界のホープ。でも申し出を受け、競輪を五カ月休場することにした。競輪選手がレースに出なければ、当然収入もなく

なる。潔い。

トラックで行う千メートルタイムトライアルは五位だった。三千メートルパシュート（個人追い抜き）は六位。上位チームとの力の差を見せつけられた。残すは街を走るロード競技だけだ。

三十キロのロードタイムトライアル。レースの一分前、なんと十一段変速機が故障していることに田中選手は気づく。最も重いトップギアに入ったまま、まったく動かない。

僕が文化放送でやっている『日曜はがんばらない』というラジオ番組に、田中選手に出てもらったとき、この瞬間の心境を聞いてみた。すると、

「アクシデントではなく、これが戦略と思うことにしました」

そして鹿沼選手に、「トップギアで走り切ろう」と伝えた。

普通はこまめにギアチェンジし、疲労がたまらないようにしながらラストスパートで一番馬力が出るトップギアに入れる。三十キロずっとトップギアなんて、とんでもない挑戦だ。

太ももの筋肉が張り裂けそうになった。カーブを曲がるときは二人で声を出して息を合わせ、足の回転を緩めて曲がったという。

結果は、堂々の銀メダル。障がい者だとか健常者だとか、そんなことどうでもよくなるくらい、二人ともアスリートとして最高にカッコよかった。

ここには、お涙ちょうだいの感動ポルノなんて柔《やわ》な世界はない。田中選手が「アクシデントではなく戦略」と考えることにしたように、障がいをもつ人たちも自分の障がいをアクシデントとは思っていない。

障がいのある状態は、故障でも不幸でもない。ただ通常とは異なる方法で感覚器を使い、体を動かしているだけだ。

人間は、とてつもない力と多様性を秘めている。そのことを、リオ大会のパラリンピアンが身をもって示してくれた。

もうそろそろ、感動ポルノにはおさらばしよう。新しい世界観が必要だ。ステレオタイプのお涙ちょうだい物語から、人間の大きな可能性の物語へ。

国も地域も企業もみんなで協力し合って、障がいをもつ人が一人の個人として力を発揮できる社会をつくっていく。そうすることで、弱い人もお年寄りも、すべての人が住みやすい日本に変わっていくんだと思う。

パートナーの存在が、次の扉を切り拓く

「私より一日でも長く生きて」

それが、彼のプロポーズに対する彼女の答え――唯一の結婚の条件だった。え、なんだかクサい？　「彼」が誰だか知ったら、そう感じる人の数はグッと減るんじゃないかな。

男の名は、川田龍平。一九九五年、薬害エイズ訴訟の原告として、未成年の日本人で初めて実名を公表した。まだ幼さの残る顔をカメラの前に堂々とさらし、裁判を闘った。

人生のパートナーとなる女性に、勇気を振り絞って結婚を申し込んだのは、それから十三年後のことだ。

HIV感染を告知された小学四年生

川田龍平は、生後六カ月で血友病と診断され、非加熱輸入血液製剤を使った治療を受け始める。アメリカでは、一九八二年から非加熱製剤によるＨＩＶ感染の危険性が報告されていた。

しかし、加熱処理をした安全な血液製剤の製造・輸入が日本で認可されたのは一九八五年。そのため、血友病患者の約四割、千八百人がＨＩＶに感染してしまう。

龍平くんも、その一人だった。

ＨＩＶは、ヒトの免疫機能を破壊してエイズ（後天性免疫不全症候群）を引き起こすウイルス。治療薬の研究が進み、もはや死病ではなくなったが、エイズを発症して亡くなった血友病患者は日本だけでも六百人を超えるという。

龍平くんは、小学校四年生のとき、お母さんからＨＩＶ感染を告知される。でも、彼は負けなかった。薬害エイズ事件の裁判が始まると原告の一人となり、十九歳のとき顔と実名を公表。事実を隠蔽しようとする製薬会社・医師・国のビッグパワーに闘いを挑む。

当時のエイズに対する恐怖や差別を考えると、ものすごい勇気だ。一九九六年、原告側の意を汲む形で和解が成立したのは、彼の存在に世間が注目したおかげでもある。

龍平くんが松本大学で非常勤講師をしていた頃、諏訪中央病院の研修医や看護学生たちにレクチャーをしてもらった。命を救う道具である医療が、時には人間を傷つける武器にもなる。そのことを、彼の言葉から学んでほしかったのだ。

二〇〇七年、川田龍平は参議院議員選挙に立候補し、初当選。その翌年三月、人生のパートナーを得る。『ルポ　貧困大国アメリカ』などのベストセラーを次々と生み出している気鋭の

参議院議員の川田龍平さん、ジャーナリストの堤未果さん夫妻とは長いつき合い。二人の仕事ぶりと人間性を尊敬している。©野口昌克

ジャーナリスト、堤未果。

彼女が『沈みゆく大国　アメリカ』を出版したとき、僕は雑誌で対談した。その視点の鋭さに学ぶところが多かった。

「長く生きられない」とあきらめていた

二〇一五年の年末、二人と一緒に食事をしたとき、独身時代より格段にパワーアップしていることに気づいた。こんな魅力的なカップルがどうしてできたのか、きちんと話を聞いてみたくなった。

結婚して八年。龍平くんが公人ということもあり、夫婦でマスコミに登場するのを避けてきた二人だけれど、僕の依頼を快諾。翌春、僕がパーソナリティを務めているラジオ番組『日曜はがんばらない』に、そろって出演してくれた。

出会いのきっかけは、未果さんが書いた『グラウンド・ゼロがくれた希望』。この本を読んで彼女に興味をもった龍平くん

のほうから、お母さんの川田悦子さん経由で連絡したという。

息子と共に裁判を闘い、のちに衆議院議員を務めた悦子さんが、未果さんの母、元文化放送アナウンサーで詩人として活躍する堤江実さんと知り合いだったのだ。

「十歳でＨＩＶ感染を告知されてからずっと、僕は長く生きられない、結婚もできないとあきらめていました。でも三十一歳で未果と会ったとき、生まれて初めて、『この人と結婚したい』と思ったんです。人や世界を見る目線、目指しているものが同じで、話が尽きなかった」

未果さんが笑顔でつけ加える。

「笑いのツボも一緒でした」

「病気のデパート」みたいな人と結婚した理由

結婚したのは、それから半年後。血友病で、エイズのリスクも抱えた男性をパートナーにすることに迷いや不安はなかったのか。率直に聞いてみた。

「家族や友達は、みんな心配しましたね。医者をしている親友から、『病気のデパートみたいな人だけど、いいの？』と言われたこともあります。

でも私にとっては、その人が人生で何を一番大事にしているか、どのくらい遠くを見ているかということのほうが重要だったんです。だって病気というのは、誰でもいつなるかわからないじゃないですか」

確かにその通りだ。でも、なかなかできる選択じゃない。未果さんの父は、気骨あるジャーナリストとして知られた、ばばこういちさん。母親の江実さんも、詩を通して憲法の大切さを訴えたりしている。そんな両親のもとで育ったから、自分の自由な判断で人生を決められたのだろうか。

「もう一つ、9・11も影響しているかもしれません」

未果さんは十八歳のときアメリカに渡り、大学院まで国際関係論を学んだ。国連婦人開発基金や国際NGOアムネスティ・インターナショナルで働いたのち、米国野村證券へ。「理想だけじゃ世界は変えられない。強欲資本主義と闘うには、金融の中心地、ウォール街の視点も知らなければ」と考えたからだという。

二〇〇一年九月十一日、未果さんはワールドトレードセンターの隣のビルにあったオフィスで、二機の飛行機がツインタワーに突っ込んだ瞬間を現場で体験する。たくさんの人の死を目の当たりにし、PTSDに苦しんだ。

自由と民主主義の象徴だと信じていたアメリカが、同時多発テロのあと、報復を叫び、アフガニスタンやイラクを攻撃する姿にショックを受けた。

なぜテロや戦争が起きるのか、背景には何があるのか……。政府による言論統制でメディアが萎縮する中、納得のいく真実を自分で探そうと、彼女は野村證券を辞め、ジャーナリストになる。

「アメリカに対して抱いていた幻想が砕け散ったとき、世の中に〝絶対〟なんてものはないんだと身にしみた。価値観が変わりました」

その経緯をつづった『グラウンド・ゼロ……』を読み、川田龍平は堤未果に会ってみたいと思った。そして、9・11を経た彼女だったから、彼にプロポーズされたとき、病気の向こうにあるものを見ることができた。

結婚するにあたり、未果さんが出した条件は一つだけ。

「私より一日でも長く生きること」

実にカッコいい。

結婚して免疫力がアップ。ウイルスも消えた

二十代の頃の龍平くんは、絶望を抱え、死の影に脅えながらギリギリのところで生きているように見えた。明るく振る舞っていても、ふとした瞬間、眉間にシワが寄る。

そんな彼が、未果さんと一緒になってから、よく笑うようになった。心の底からの晴れやかな笑顔だ。

「本当にポジティブになりましたね。ネガティブなことを言うと、彼女に直されるんですよ(笑)。CD4の数値も上がって、今は千ぐらいあります」

CD4の数値とは、わかりやすく言うと免疫力の指標だ。健康な人で七百から千三百ぐらい。三百五十を下回ると治療が必要になり、二百未満になればエイズ発症のリスクが高まる。

龍平くんの場合、三百から四百あたりで推移し、一時は二百台まで落ちたこともあったという。それが結婚後、みるみる急上昇した。

心と体はつながっている。笑ったり希望をもったりすると、免疫細胞が増えるという論文もある。未果さんに「長生きする」と約束し、「生きよう」と決意したことで、彼の体に変化が起きたのだろう。

「HIVも未検出になりました。機械の精度が上がって、前よりウイルスを発見しやすくなったのに。

体力も気力も充実したら、やりたいこと、やるべきことが山ほど出てきました。一日でも長く生き、それをやり遂げたい。

病気や障がいがあっても、人間は生きている限り自分の意思で道を選ぶことができるんですよね。そのことを教えてくれた妻に感謝しています」

川田龍平は、医療被害や薬害、環境破壊や放射能汚染から命を守ることを政治課題にしている。国会での質問回数・議員立法発議件数・質問主意書提出件数の多さを評価され、二〇一五年、参議院では三人しかいない「三ツ星議員」としてNPO法人から表彰された。

彼のような人間が、弱い人たちの立場になって発言し続けていることが大事なんだ。

影響し合うことで、より遠くへ行ける

「結婚して何が良かった?」

未果さんにも聞いてみた。

初めは、「これまで何百回と受けたインタビューの中で一番恥ずかしい質問です」と照れていたが、話し始めたら出てくる、出てくる……。

「彼は、『死にさえしなければ何があっても大したことないよ』という見方をする人。私が不安になったり迷ったりしたとき、スパッと遠くを見る視点を思い出させてくれるんですね。命という一番根源的なところを体現している彼と共に生きることで、アメリカや日本だけでなく、人間全体とか命とか、より広く遠くを見、長いスパンで深～く考えるようになりました。未来は果てしなく、人間の可能性は大きく、生きてさえいれば人生どうにでもなる。それに気づいて、もっともっと遠くまで行けるんだとワクワクしています（笑）」

ジャーナリストはともすれば、より新しい情報、より過激な情報、裏の情報を追いかけてし

まう危険がある。個々の現象より、ものの見方そのものを伝えるほうが大事だと考えるようになったのも、彼の影響が大きいという。

二〇一六年刊行の『政府はもう嘘をつけない』では、新たに選挙権を得る十八歳にもわかるよう、情報の読み解き方を書いた。

話をしているうち、二人の間に三つの共通項があることに気づいた。時の権力が間違っていると思えば抗い、社会の空気に流されない勇気。単なる批判や愚痴では終わらせず、社会を変えていきたいという熱い志。そして、希望をもっていること。

龍平くんは言う。

「どうせ何をしたって無駄だとあきらめるのではなく、まわりの人たちと一緒になって取り組んできたことが、一人ひとりを動かし、その一人ひとりが行動したことが画期的な裁判の和解へとつながりました。行動することで社会は変えることができるんです」

未果さんも言う。

「戦争や貧困をつくり出す側は、国境を越えて利益を拡大しています。でも、真実を知った人たちが国境を越えて手をつなげば、必ず対抗できるはず」

普段はそれぞれの立場で活躍している二人だが、時折、見事な二人三脚を見せる。龍平くんが国連のＨＩＶ／エイズ・ハイレベル会合で英語のスピーチをしたときも、そうだった。

彼が書いた原稿を、世界の人々にアピールする英文へと彼女がブラッシュアップ。与えられた時間はわずか五分間だったけれど、大勢の人が涙した。

その思い出を語ったあと、未果さんが言い添えた言葉に、僕の胸も熱くなった。

「川田龍平のように、存在そのものがメッセージである人は、あまりいない。私が言うのと彼が言うのじゃ、伝わり方が全然違うんです。

だから、長生きしてもらわないと。世界を変えるためにも」

結婚したことで、より広く遠くまで見渡せるようになったという二人は、命を最優先する社会の実現を目指し、走り続けている。

永六輔さんへの鎮魂歌《レクイエム》

「鎌田先生、どうしてわかったんですか。今し方、父が亡くなりました」

ちょっと驚いたような声で、千絵さんは言った。

二〇一六年の七夕の日、大切な人生の師が亡くなった。僕が敬愛してやまない永六輔さん。享年八十三。

その日、永さんの長女、千絵さんに、僕はたまたま電話をかけた。そこで、永さんの死を知らされた。

電話をしたのは、虫の知らせだったのかもしれない。永さんは僕を「カマちゃん」と呼んで、長いことかわいがってくれた。旅立つときも、「カマちゃん、じゃあね」と声をかけてくれ、それが僕の無意識の〝意識〟に届いたのかもしれない。

世の中の暗くよどんだ空気や危ない空気をかき回し続けた永六輔という人間を失ったことは、日本にとっても、僕にとっても、とても大きい。

筋金入りの病院・検査嫌い

永さん、長い間ご苦労さまでした。無類の病院嫌いである永さんには、つらい六年間だったと思います。でも、あなたは、自分の病気さえ俎板《まないた》に載せ、笑いに包んで見事に料理していましたね。

永さんが体の異変を感じ始めたのは、七十代半ばぐらい。足腰が弱くなり、よく躓くようになりました。呂律《ろれつ》が回らず、食も進まなくなったので、ご家族が心配し、僕に相談してきたのです。

永さんと知り合って、もう三十年以上になるでしょうか。中央本線沿線で仕事があると諏訪中央病院まで足を延ばし、ミニ講演会をしてくれていました。

謝礼なんて払えないので、お礼はいつも、茅野《ちの》駅のそばにある上條《かみじょう》食堂の食事。潰れる一歩手前みたいな古い店が大好きな永さんは、老夫婦が全力でつくる馬肉ステーキや馬刺し、インゲンの生姜焼きを何より喜んでくれました。

そんなふうに、僕の病院を講演のため訪れた機会を利用し、診察を進めていきました。何しろ永さんは、家族に泣きつかれて泊まりがけの人間ドックに行ったのに、身長と体重を測る以外すべての検査を拒否したという武勇伝の持ち主。筋金入りの不良患者を検査していくのは、

2014年2月19日、パレスチナ人医師を招いて僕が主催したシンポジウムに、車いすで駆けつけ、話をしてくれた。

とても難しかったです。

二〇一〇年、パーキンソン病という診断がつき、東京の専門医に紹介できたときは、ほっとしました。

永さんが亡くなられたあと、千絵さんと雑誌で対談をしました。娘さんは、こんなふうに話してくれました。

「父は病院も手術も本当に嫌いで、治療方針まで私たちに任せようとしました。『カマちゃんはなんて言ってるんだ?』と聞いてばかりいないで、自分で決めてよ、と言ったんですけど」

そこが永さんの不思議で、かわいいところ。ほかのことについては自己決定をとても大事にしているはずなのに、自分の健康についてはあまり考えたがらず、人任せにしてしまうところのある人でした。

どんなときでもユーモアを忘れない

永さん、あなたがすごいのは、病気をまったく隠さなかったことです。おかげで、パーキンソン病という難病がとても有名になりました。

病気のために舌がうまく回らなくなっても、あなたは負けなかった。永さんがラジオに出演し続けることで、たくさんの人たちが励まされ、希望をもったと思います。

二〇一三年の七月、日本テレビのスタジオに来てもらいましたね。『news every.』という情報番組で僕が担当しているコーナーで、永さんと病気や死について語り合いたいと思ったからです。「テレビは嫌いだけど、カマちゃんの頼みだから仕方なく出ることにした」と二度も言っていました。


パーキンソン病の症状の一つに、「突進歩行」というのがあります。自分の意思とは関係なく前のめりで突進してしまい、何かにぶつからないと止まれなくなる。だから転びやすい。

あなたも、転倒や交通事故で一年に三回も救急車に乗りましたね。日テレの収録の際に話してくれた入院中のエピソードは、とびきり面白かったです。

インドネシアから来て介護士の勉強をしている女性が、ある日、永さんの担当になった。支えられて歩く練習をしていたら、彼女がこう言ったとか。

「日本には歩くのにいい歌があります。『上を向いて歩こう』という歌です」

あなたは「きたな」と思ったけれど、知らないふりをしました。

「じゃあ、私が歌います。永さん、もうちょっと上を向いて、背筋伸ばして。右足に重心を移しながら、左足を前に出して。ウ、エ、ヲ、ムウイテ〜」

リハビリ室から病室へと戻る間、彼女は歌い続けました。外来の前を通ると、「あ、永六輔が『上を向いて歩こう』を歌いながら歩いてる」という囁《ささや》きが飛び交う。「恥ずかしいからやめてください」と、必死で止めたそうですね。

「あとでリハビリの主任の先生に、『外国から勉強しに来た子をからかわないで』と叱られました。翌日、彼女に、『ごめんなさい。あの歌はよく知っています。なぜかというと、僕がつくったからです』と謝ったんです。すると彼女は笑って、『永さん、またウソついてる〜』」

スタジオ中が大爆笑でした。

永さん、あなたは常にユーモアを忘れない、笑いの天才でした。あの日もみんなを笑わせながら、パーキンソン病の大変さやリハビリの大切さを伝えてくれたのです。

のちに娘さんと対談した際、このエピソードが実は創作だったと聞かされ、あなたのユーモアのすごさがさらによくわかりました。

「本当はインドネシア人の介護士さんじゃなく、私が父のリハビリ中に、『上を向いてあるこう』と言ったんですよ」

そうだったのか、あなたはやっぱり天才。みんなを喜ばせ、元気にするために、見事な脚色をしていたんですね。

「がん」を「ポン」という名前にすれば

前立腺がんの腫瘍マーカーの数値が上がっていることに気づいたのは、パーキンソン病と診断された半年後のこと。あのときあなたは、「絶対に手術はしない」と頑《かたく》なでしたね。

当時、七十七歳。年齢を考えれば、その選択は正しいと僕も思い、手術をしない方向で努力してくれる大学病院の教授を紹介しました。

主治医と話し合って、あなたが選択したのはホルモン療法。前立腺がんは男性ホルモンと密接に関係しているので、男性ホルモンを遮断する女性ホルモン系の薬で腫瘍の成長を抑えられる可能性があるのです。このときもラジオで、

「僕はもともと『男のオバサン』を自負していたけど、女性ホルモンでいよいよオバサン化が激しくなっています」

なんて笑い話にしていました。

あなたのラジオを聞き、がんには手術以外にもいろんな治療法があることを知った人は多いでしょう。医師に言われるがままではなく、きちんと説明を求め、年齢やクオリティ・オブ・ライフという観点から自分にとってのベストな選択をしていく。そのための勇気をもてた患者

さんも少なくないと思います。

そうそう、あなたはこんなことも言っていましたね。

「がんという言葉の響きが悪い。がんではなく『ポン』にすればいいんだ。『俺の大腸にポンができてね』なんて話していれば、あまり滅入らないですむ（笑）」

永さん、あなたはラジオが大好きでした。テレビの草創期、『夢であいましょう』など数々の人気番組を手がけていたのに、テレビが巨大な力をもつようになるとラジオの世界に戻っていきました。

何があろうと、人間は簡単には負けない

永さんは旅を愛していました。全国津々浦々を回って、たくさんの庶民の話を聞き、それをラジオ番組や本で伝え続けたのです。

徒党を組むことを嫌って一匹狼として生き、面白いことに貪欲だった永六輔。でも、その心はいつも弱い人たちに向けられていました。

大腿骨骨折で入院し、譫妄《せんもう》状態に陥ったときは、ひょっとしたらこのまま……と、みんな心配したんですよ。一時はベッドの上でひと晩中、ラジオの生放送をしているつもりでしゃべり続けました。

永さんらしいな、と笑ってしまいました。そんなあなたが大好きでした。

ご家族からの電話で病院に飛んでいき、「永さん、しっかりして」と僕が活を入れたら、また元気になりました。

そのわずか数カ月後、一緒に福島までボランティアに行きましたね。大地震と津波と原発事故で生きる希望を失いかけている被災者を励ますイベントでした。

会場に着くや、永さんはプログラムを無視して突然舞台に上がり、「マケナイ、マケナイッ！」と叫びました。それから、やおら短いタオルを取り出し、

「頭にも巻けない、首にも巻けない。人間は簡単には負けない！」

このとき、あなたはもう車いす。車いすでタオルを振り回し、叫ぶ姿は、すごくカッコよかったです。入院中にインドネシア人介護士が『上を向いて歩こう』を歌ったという例の笑い話も披露してくれました。そうして被災者を喜ばせ、心をジーンと揺さぶったのです。

それから、「僕は前座。あとはカマちゃんがいい話をしてくれると思います」と言って、風のように東京に帰っていきました。

会場いっぱいに詰めかけた福島の被災者たちはみんな、「震災後、初めて腹を抱えて笑った」と大喜びでした。泣きながら笑っていました。

往復八時間かけての福島とんぼ返りは、相当きつかったはずです。でも、被災地から応援し

てほしいと頼まれれば、どうしても行ってあげたくなるのが、永六輔という人間です。検査嫌いで、病気に対しては臆病でも、人生そのものにはいつも勇敢に立ち向かう人でした。

大震災のような絶望的なことが日本で起きると、あなたが作詞した『上を向いて歩こう』や『見上げてごらん夜の星を』を、みんなが歌いだします。これからもきっと歌い継がれていくでしょう。

時代を読む天才が語った、憲法九十九条の大切さ

永さん、あなたは時代を読む天才でした。

一九九四年、日本がまだ死について語りづらい空気に満ちていた頃に『大往生』を出版。二百万部のベストセラーにしました。おかげで、死を語ることがタブーではなくなりました。

二〇〇六年に、僕が『この国が好き』という平和についての絵本を出版したときは、巻末の鼎談《ていだん》に出てくれました。あのとき、あなたは力説していましたね。

「みんな九条のことばかり言うけど、憲法全文を読んで、九十九条を守ることこそ憲法を守ることだと気づいた。

九十九条には〈天皇又は摂政及び国務大臣、国会議員、裁判官その他の公務員は、この憲法を尊重し擁護する義務を負ふ〉とあります。義務を負う中に国民は入っていない。ここが大事。

国民が、権力をもつ者たちに対して、憲法を守れと要求しているんです」

あなたは、視点の鋭い人でした。大事な問題を、いつもわかりやすく話してくれました。決して空気に染まらず、世の中の空気がよどんできたときは、かき回したり入れ替えたりする名人でした。改憲論議が盛んで、なんだかきな臭くなりつつある今、あなたが遺した言葉は、さらに重みを増しています。

曖昧な日本人の中で、あなたほど自分をもっている人はいませんでした。同時に、見事なほど聞く耳ももっていました。たくさんの人と出会い、たくさんの話を聞きながら、自分の人生観の中で取捨選択をしてきたのだと思います。

自分の命は自分で決める

あなたは常々、「自分の命は自分で決める」と言っていましたね。前立腺がんが骨転移すると、少量の放射線治療だけを受けることにしました。

二〇一六年四月、僕はまた病院にうかがいました。うちに帰りたいと願うあなたが自宅療養できるよう、「ポート」をつけるのを納得してもらうためです。この機器を皮膚の下に埋め込めば、必要なときに痛くなく点滴を入れられるようになります。

ほかの医師の説得には首を横に振り続けていたあなたですが、僕がお願いすると「わかった。

遠くから来てくれて、ありがとう」と、すぐ笑顔で頷いてくれました。

退院してからは、大好きな自宅で最期まで永六輔らしく生きました。ものを食べる力が弱くなり、点滴で栄養をとり始めてからも、あんこやソーメンなど食べたいものは食べ続けました。よかったですね。

お見舞いの人が来ても、気が向かないと寝たふりや死んだふりをしていたとか。笑ってしまいます。

亡くなったあと、ご自宅までお別れに行きました。穏やかで、ちょっとはにかんだ、いい顔をしていました。前の晩、起き上がってベッドの縁に座り、「おいしいね」とニコニコしながらアイスキャンディをなめたそうですね。

七夕の日、天の川を渡り、あなたは大切な人たちに会いに行きました。最愛の妻・昌子さんや坂本九ちゃん、中村八大さん……先に逝った人たちに、あの世でこの世の困った話を面白おかしく話している姿が目に浮かびます。

本当は、まだまだ永さんに生きていてほしかった。この国が今ほどあなたを必要としているときはないと思うから。残念です。

でも……たくさんの大切なことを教えていただきました。本当にありがとうございました。

あなたの思い、僕も受け継ぎ、伝え続けていきます。

第3章

見方を変えれば、自分も世界も変わる

生きづらい子どもを支える、やさしい手

〈みのるせんせいへ。たくさんのおかし、あんなにくれてありがとうございました。ぼくのたんじょうびにとどいて、うれしかったです。ゆうじより〉

二〇一六年の秋、こんな手紙が福岡県柳川《やながわ》市から届いた。

血縁はないけど幸せな七人家族

その一カ月ほど前、僕は柳川市の近くの大牟田《おおむた》市で「命を支える」というテーマで講演をした。講演後のサイン会。たくさんの人の列に小さな男の子が並んでいた。

「先生、これ食べてください」

机の上にチョコレートを置くと、男の子はニコニコしながら問いかけてきた。

「僕のこと覚えてますか?」

急に記憶が甦った。ユウジくんだ。六歳の子どもが一人で来ているわけがない。会場を見回すと、後ろのほうにルースさんが見えた。お母さんだ。

二〇一六年四月、僕は高口《こうぐち》茂雄さんとルースさん夫妻の家にお邪魔していた。この夫婦には、実子が一人、里子が二人、養子が一人、信頼関係の中で預かっている子が一人いる。ユウジくんは赤ちゃんのとき、特別養子縁組で高口家にやって来た。

大牟田から長野に戻ってすぐ、チョコのお返しに子どもが好きそうなお菓子を送った。荷物が届いたのが、たまたまユウジくんの誕生日だったらしい。

僕たちの国は子どもが生きづらい国になってしまった。厚生労働省によれば、保護者の死亡や病気、貧困、虐待などで適切な養育を受けられず、社会的養護を必要とする子どもは約四万五千人。残念だけれど、その八割以上が乳児院や児童養護施設で暮らしている。

家庭で育った子と施設で育った子では、感情の安定性や認知機能などに差が出るという。国も、より家庭的な環境での養育を増やそうとしているが、なかなか進まない。二〇一五年の特別養子縁組成立件数は五百四十四件。里親への委託児童数は、二〇一六年の統計で五千百九十六人。どちらも微増である。

特別養子縁組は原則六歳未満が対象。戸籍上も養親の子どもになる。里子のほうは、児童相談所からの委託で原則十八歳まで里親のもとで育つ。育てる親の戸籍には入らず、実の親と法律上の親子関係が続く。

ブラックボックスをつくらない

僕も特別養子だった。三十七歳のとき、たまたま戸籍を見て、自分が父母の本当の子ではないこと、一歳十カ月でもらわれてきたことを知った。

実の親に関するすべてはブラックボックスで、蓋が開けられることもなかった。僕がアイデンティティに異常なほどこだわるのは、自分がどんなふうに生まれたのかがよくわからないことからくる心の後遺症だと思う。

やさしくて明るかった育ての母は、心臓病でしょっちゅう入院していた。僕が養子だと知ったときには、すでに亡くなっていた。

養父は、僕を本当の息子として育てたかったようだ。「もらってきた子」という事実を隠し通そうとした。その思いを大事にしたくて、僕も父が亡くなるまで知らないふりを続けた。

僕は、貧乏の中で自分を拾ってくれた養父母に感謝している。事実を知ったことで、感謝の気持ちが何倍も大きくなった。

だから、養子だということを秘密にしておく必要はなかったのに、自分のほうから壁を壊す勇気がなかった。「カマタ家のヒミツ」を守ることで、むしろ僕の心には傷が残ってしまったと思っている。

三十七歳のあの日、「なんで今まで話してくれなかったんだよ」と、父に自分の気持ちをぶつければよかった。「貧乏なのに、どうして僕を拾ってくれたの?」と聞いてみたかった。「タクシーの運転手をしながら、母さんの看病をし、僕を育ててくれて本当にありがとう」と言いたかった。

そうすれば父と、もっと深くていい関係を築けたはずだ。近頃は、生みの親の存在について伝えることを前提に養子を斡旋・仲介しているNPOもあるそうだ。

その点、高口さん一家のオープンさは、尋常じゃない。家を訪ねたとき、ユウジくん自身が、僕に話してくれた。

「あのね、僕の本当のお母さんは高校生のおネエちゃんだったんだよ」

高口さん夫婦は彼が二歳のときから、わかりやすい言葉で説明してきたという。

「桃太郎は川を流れてきたけど、ユウジとパパとママは熊本の病院で出会った。高校生のお母さんが一生懸命に産んでくれたから、キミがいるんだよ」

ユウジくんが生まれたのは、熊本市にある慈恵病院。「赤ちゃんポスト」と呼ばれる新生児保護施設を設けている日本では珍しい医療機関だ。慈恵病院では、予期せぬ妊娠をして、自分の手元では育てられない女性たちの相談にものっている。

ユウジくんの実母も、その一人。まだ高校生だったが、中絶せず、産んですぐ養子に出す道を選んだという。

　ブラックボックスをつくらず、事実を全部話したうえで、高口さん夫妻はユウジくんに言葉と態度で伝え続けた。

「パパとママはキミがすごく好き。すごく大事。本当の子どもだと思って育てているんだよ」

　僕はユウジくんに難しい質問をしてみた。

「この家で育って幸せかい？」

　一瞬の間もおかず、元気な答えが返ってきた。

「うん！」

困っている子がいたら、助けなくちゃ

　この魅力的な家族は、どのようにしてできたのか。形成の仕方が実に面白い。

　アメリカから来たルースさんと茂雄さんの間に、不妊治療を経て十一年前、まずエミちゃんが生まれた。実子がいれば、血のつながらない子はいらないと思いそうだが、二人は違った。それから間もなく、当時中学三年生だったサチコさんを里子に迎えたのだ。

　サチコさんは父親をがんで亡くし、母親も重い病気で入院中。児童養護施設に預けられたが、いじめに遭って適応できなかった。

茂雄さんが言う。

「里親の依頼がきたとき、引き受けるかどうか迷ったんです。まだエミは赤ん坊で、よく泣くから、高校受験の勉強の邪魔になるかもしれない。サッちゃんを家に招いて、『こんな感じでうるさいけど、それでもいいんやったら、おいで。サッちゃんが決めなさい』と話しました」

ルースさんが言葉を継いだ。

「十四歳なら、もう自分で決められる年齢ですから」

ここが、この夫婦のすごいところだ。子どもたち一人ひとりを独立した人間として考えている。今、サチコさんは二十五歳。アメリカの大学に留学中だ（年齢等はすべて二〇一六年の取材当時）。

もう一人の里子であるヒカルくんは十五歳。六年前、高口家に来るまでの日々を自分で話してくれた。生まれて三日後にお母さんが病院から消えてしまい、おばあちゃんに育てられたという。お母さんは今も行方不明。お父さんはわからない。小学三年のときおばあちゃんが亡くなると、児童相談所に連れて行かれた。

ヒカルくんを育ててほしいと児童相談所から話がきたとき、家族会議を開いた。家は小さい。みんなが納得しなければ、共同生活はできない。エミちゃんとサチコさんにもよく説明し、引き取るかどうか匿名で〇×を書くことにした。結果は、〇が三つで×が一つ。どうしようと

血はつながっていなくても信頼の絆で結ばれている高口ファミリー。座っているのがユウジくん。
© 高口茂雄

悩んでいると、エミちゃんが言った。

「困っている子がいたら助けなくちゃ」

その一言で、みんなの心がまとまった。

「エミのおかげでヒカルはうちに来た。でも、きょうだいゲンカはよくします」

ルースさんの言葉に、全員が大笑い。

エミちゃんがヒカルくんをからかう。

「今の言葉、忘れんでね。うちのおかげや」

ルースさんによれば、×を書いたのは、たぶんサッちゃん。

「パパとママがますます大変になるんじゃないかって心配してくれたみたい」

みんな、やさしい。

両親を思いやって×を書いたサチコさんも、新たにやって来た十歳違いの弟をめちゃくちゃかわいがっているという。

ユウジくんを養子に迎えたのは、それから二年ほどのちのことだ。

親も子どもから力をもらう

さらに最近、一歳のSちゃんが加わった。Sちゃんは、両親が重い精神病で療養中。里子にと頼まれたが、あえてそうしなかった。実のお父さんお母さんと一緒に四人で育てる道を選んだ。

「親が子どもから力をもらうことも多いですからね」

と茂雄さん。

ご両親の心の状態が良好で病院から外泊許可が出ると、Sちゃんと一緒に過ごせるようにしてあげる。

ただ、そんなときも、二人がしっかり寝られるよう、夜は高口家でSちゃんの面倒を見る。

「日本では昔、みんなで子どもを育てたでしょ。それを私たちの家では今やっているの」

ルースさんが、ごく当たり前のことをしているみたいに言った。

僕たちの国には、かぐや姫や桃太郎のような伝説がある。昔は、身寄りのない子をみんなで育てるのが普通だったんだろう。

高口家を訪ねた日、ルースさんを手伝って子どもたちが夕飯をつくってくれた。大変なご馳走だった。ヒカルくんがボランティアに行ってもらってきた鰻《うなぎ》を、「おいしいから食べて」と僕のお皿に取り分けてくれる。

ヒカルくんには、軽い知的障害がある。家に来たばかりの頃は、自分のことしか考えられなかった。おかずも一人で全部食べようとした。でも次第に、みんなのことを考えて行動できるようになっていったという。今では心配りの名人だ。

ヒカルくんの夢は介護福祉士になること。やさしくて、明るくて、人を楽しませるのが上手だから、老人ホームなどにボランティアに行くと人気の的だという。

茂雄さんが、こんなことを言っていた。

「子どもは子どもの中で育てるのが一番。今、日本では子どもたちがゲームに夢中になって、孤立してしまっている。でも、いろんな年齢の子が集まって生活していると、自然とまわりを思いやるようになっていくんです」

それを証明するかのように、一歳のSちゃんをヒカルくん、エミちゃん、ユウジくんが交代で抱き上げ、あやしたり、ミルクをあげたりしている。かわいくてしょうがないみたいだ。

Sちゃんが初めてしゃべった言葉は、「エメー」。十一歳のエミちゃんが、一番よく面倒を見ているかららしい。

そんな様子を笑顔で見守っていたルースさんが言う。

「この子たちを育てることで、私たち親もすごく成長しました」

みんながつくってくれたご飯を「おいしいおいしい」と食べながら、僕は、アメリカ女性と日本男児がつくりあげたこの不思議な家族にますます魅了されていった。

共に過ごす時間が「家族」をつくる

両親と血がつながっているのは、五人の子どものうち一人だけ。家族の誰もが、その事実を知っているけれど、とびきり仲がよくて幸せ。

最後に根源的な問いを茂雄さんに投げかけてみた。

「家族って何でしょう？」

「水とか空気みたいな感じ。いて当たり前の存在。いないといけない存在。一緒に食べたりテレビを見たり、日常の営みを共に積み重ねていくことで家族になるのかなあという感じがします。

うちは、よそと違って血縁のない者同士が家族になっている。いろんなつながり方があっていいんだと思います」

そう言うと、茂雄さんはルースさんと目を見交わした。

「もう一人赤ちゃんを育ててもいいな」

「そうね、こんな幸せに出会えるんだものね」

「家」という幻想に負けない

日本独特の「家」という幻想の仕組みを絶やさないために、僕たちは血縁にこだわって無理りな努力を重ねてきた。でも、血のつながりなんかなくても、共に過ごす時間と苦労が家族をつくる。それはすごく幸せなことなんだ。

もちろん、高口夫妻のように養子や里子を迎えるのは簡単なことじゃない。でも、エミちゃんの「困っている子がいたら助けなくちゃ」という気持ちを心の片隅に持ち続けることなら、誰にでもできる。

僕たち一人ひとりがときどき、困っている人にやさしい手を差し伸べ、自分にできる小さな何かをするだけで、この世界はぐんと生きやすくなるだろう。

もう一つ、高口さん一家に僕が魅せられたのは、そこに開かれた新しい家族のカタチがあったから。いろんなつらさを抱えた子どもたちが、それぞれの個性を大切にされ、いきいきと育っていた。育てる側も、子どもたちから大事なものを受け取っていた。

お互いがお互いを必要としながら、縛り合わず、緩やかに支え合う。そんな関係を、すべての家族が築いていけたらいいなあ。

認知症になっても、幸せ

「認知症になるくらいなら、まだがんや心臓病のほうがましだ」

そんなことを言う人は多い。

認知症を「緩慢なる死」と表現するジャーナリストもいる。今日の朝、ご飯を食べたかどうかがわからなくなる。病気が進行すると、食事や排泄《はいせつ》が自分でできなくなる。家族の顔も、自分自身が誰かさえもわからなくなる。意思も感情も失われる。人間が壊れていく……。

本当にそうだろうか。

これで人生、終わった

二〇一六年五月、『認知症の私からあなたへ――20のメッセージ』という本が出版された。著者は佐藤雅彦さん。当時、六十二歳。十年以上、アルツハイマー型認知症と闘い続けていた。

その巻末エッセイを、僕が書かせてもらった。僕自身も、彼の生き方に大いに勇気づけられているから。

佐藤さんは中学校の数学教師を経て、システムエンジニアになった。しかし、四十五歳ぐらいから、仕事がうまくできなくなる。

ＭＲＩ検査をしたが異常は見つからず、うつ病か慢性疲労症候群だろうと言われ、二年間休職した。

配送係として復職したが、しばらくすると、車を止めた場所に戻れなくなった。若年性アルツハイマー病と診断されたのは、五十一歳のとき。インターネットで調べたら、「多くの場合、六年から十年で全介助状態になる」という記述を見つけた。

「これで人生、終わったなと打ちのめされました。日に日に、生きる自信がなくなっていく……。二重の偏見が、私たちの力を奪うんです」

まず社会の偏見。

佐藤さんは、自分が認知症だと伝えた途端、周囲の対応が違ってくることに気づいた。病院でさえ、検査のとき通常なら説明されるはずの説明をしてもらえなかったりする。認知症でも人それぞれ。症状や理解力が異なるのに、話してもわからないと決めつけているのだ。

もう一つの偏見は、自分の中にあるという。

社会の偏見にさらされているうちに、本人も「自分は何もできない存在だ」と思い込んでしまう。どんどん無気力になっていく。

生きている限り、人生を楽しみたい

佐藤さんもそうだった。二十五年勤めた会社を、「お荷物になりたくない」と退職。しばらくは、ただただ悲嘆に暮れていた。

しかし、ここからが彼のすごいところ。絶望のどん底でもがきぬいた果てに、こう考えるようになるのだ。

「認知症になっても自分は自分。佐藤雅彦という人間の価値は、なんら変わらない。生きている限り、人生を楽しもう」

佐藤さんは独身。マンションで一人暮らしをしていた。医師から、認知症のグループホームに入るよう勧められたけれど、断った。そして、暮らしの中の「困りごと」を一つひとつ具体的にメモし、対策を練っていった。たとえば、

・火を使っていることを忘れる↑調理が終わるまで絶対その場を離れない。電話にも出ない。
・今日が何日かわからない。予定を覚えていられない↑パソコンでスケジュールを管理し、毎朝確認。さらに、出発の一時間前と十五分前に携帯電話のアラームをセットしておく。
・家にあるものを買ってしまう↑買い物リストだけでなく「買ってはいけない物リスト」も持っていく。

という具合。

持病の糖尿病が悪化して、一日三回インスリン注射を打たなければならなくなってからも、携帯のアラーム機能を活用して決まった時間に自己注射をしながら一人暮らしを続けてきた。

「失敗しても、『今日はたまたまできなかっただけ』と思うようにしています。体調次第で、できるときとできないときがある。あきらめないことが大事なんです」

佐藤さんはときどき僕にメールをくれる。間違って別の人に送ってしまうこともあるらしいが、内容はいつも前向きだ。

「いいこと」ノートをつけ始めた

そういえば、以前こんな話をしてくれた。記憶の障がいをカバーするため、パソコンで日記をつけ始めたら、マイナスの記述が多いことに気づいた。これでは生きる勇気が湧いてこないと思い、その日できたことや、感動したことを書くようにした。

〈バラ園に行ったらきれいだった〉

〈ネット通販でＤＶＤプレーヤーを買えた〉

〈親切な人に助けられた〉

プラスの視点を心がけると、日常の小さな幸せを実感できるようになった。自信がつき、生活にも張りが出てきたという。

認知症の人たちを「緩慢なる死」へと追い込んでいく「二重の偏見」に、佐藤さんは負けなかった。それは、彼が閉じこもらなかったことも大きい。認知症関連のシンポジウムや会合があると、積極的に参加した。同じ痛みを抱えた仲間や、支援者が増えていった。

佐藤さんが「僕の外付け頭脳」と呼ぶ携帯電話やタブレット端末も、会合で知り合った人の勧めで使い始めたという。目的地に電車が着く時間にアラームをセットし、ナビ機能を活用することで、一人で外出するときの不安が激減した。迷っても、すぐ誰かと連絡がとれる。

美術展、コンサート、藤や紫陽花《あじさい》の名所、貧困国の子どもたちを支援するNPOでのボランティア……あちこち出かけては、フェイスブックに写真と文をアップ。初めての場所や遠いところは迷いやすいので、知り合いにメールし、一緒に行ってみたい人を募るという。

日々の刺激や感動が、病気の進行を遅らせる

佐藤さんは、認知症であることを隠さない。外出する際は、「私は認知症です。あなたの支援を必要としています」と書いたヘルプカードを首から下げる。

マスコミに取材されるときも、実名と顔を出してきた。自分の「ありのまま」をオープンにすることで、認知症に対する偏見を打ち砕きたいと思ったからだ。

そのうち、日本全国から講演に呼ばれるようになった。自分の存在が世の中の役に立っているという実感は、佐藤さんの生きる力をさらに引き出していく。

アルツハイマーの告知を受けてから十年間、彼は一人暮らしを続けてきた。持ち前のオープンマインドでたくさんの人とつながり、応援を受けながら、自由に自分らしく人生を謳歌してきた。二〇一五年、ケアハウスに入所したが、基本姿勢は変わらない。

「食事の支度をしなくてすむ分、自由に使える時間が増えました。問題は、外出届を出さなきゃいけないのに、たまに出すのを忘れちゃうことぐらい（笑）」

若年性アルツハイマーは進行が早い傾向がある。佐藤さんはおそらく、異変を感じ始めた四十五歳頃に発症したのだろう。それから二十年近く経つのに、これほど元気なのは驚異的だ。前向きに生き、日々感動したり感謝したりしていることが、病気の進行を遅らせているように思える。

僕は幸せです

認知症高齢者の数は、二〇一二年時点で約四百六十二万人。二〇二五年には七百万人を超え、六十五歳以上の五人に一人になると推計されている。※ がんと同様、早期発見が大事だという。

しかし認知症の場合、「二重の偏見」ゆえに、早期発見＝早期絶望につながりやすい。絶望

※内閣府「平成29年版高齢社会白書」

して閉じこもり、さらに病気を悪化させてしまう人も多い。

だから僕は、雑誌の連載やテレビ番組、介護の日のイベントなどで佐藤さんに話をしてもらってきた。

彼の生き方を知ることは、認知症と共に歩む人たちやその家族はもちろん、自信がもてず悩んでいる若者にも、きっとプラスになる。

佐藤さんと喫茶店で待ち合わせ、一緒にお茶をしたときのこと。別れ際、握手を求めたら、彼は僕の手を力強く握り、こう言った。

「認知症になって生活は不便になったけど、不幸ではありません。僕は幸せです」

深夜まで働いていたシステムエンジニア時代より趣味が増え、おしゃれにも気を遣うようになった、と笑う。

今の夢は、描きためた絵の個展を開くこと。そして、『認知症の私からあなたへ』を英訳し、世界に発信すること。

「いろんな国の人と知恵を出し合い、誰もが暮らしやすい社会を一緒につくっていきたいと思っています」

強い人だ。「認知症とともに歩む本人の会」を立ち上げた。二〇一七年には国際アルツハイマー病協会の国際会議で、「日本認知症ワーキンググループ」共同代表として発表も行った。

認知症患者が人生を語る

認知症を原因別に分類すると、日本ではアルツハイマー病が五〇～六〇％、脳血管性認知症とレビー小体型認知症がそれぞれ約二〇％。この三つが大多数を占める。

レビー小体型認知症は、レビー小体という異常なタンパク質が脳を含め全身にたまることで生じると考えられている。手の震えや筋肉のこわばり、歩行障がいなどパーキンソン病に似た症状や、うつ症状、幻覚が現れることが多い。自律神経の障がいによって急激に血圧が下がり、意識がなくなることもある。

認知症の佐藤雅彦さんと。2016年6月、新宿の紀伊國屋書店本店で行われた彼の本の刊行トークイベントに応援のため駆けつけた。©野口昌克

五十四歳の樋口直美さんは、三十代後半から幻視が始まった。皿に垂れた醤油が動いたり、綿くずが虫に見えたり、寝室のドアを開けたら見知らぬ男性が寝ていたり……幻視は本物と区別がつかないほどリアル。時には幻聴や幻臭もあった。簡単な計算や料理もできなくなった。

四十一歳でうつ病と誤診された。

認知症の専門医以外は、レビー小体型の臨床経験が少ない。見過ごされることも多い。しかも、まずいことに、このタイプの認知症は薬物の副作用が出やすい。樋口さんは、抗うつ剤による治療を続けていた六年間、ひどい副作用に苦しめられたという。

人生で今が一番らく

二〇一三年、レビー小体型認知症という診断がやっとついた。薬を吟味して最小限にし、ストレスを減らす工夫などをするうちに、徐々に症状が改善していく。

その体験をつづった『私の脳で起こったこと――レビー小体型認知症からの復活』は、二〇一五年度の日本医学ジャーナリスト協会賞優秀賞に輝いた。

そんな樋口さんと、二〇一六年に雑誌で対談した。

「私は、普通の社会に普通に溶け込めず、生きづらさを感じながら生きてきました。でも病気になって、そんなことどうでもいいと思えるようになったんです。人に合わせて、枠からはみ出しちゃいけないとか、もう考えなくなった。自分らしく生きられるという意味では、人生で今が一番、らく。病気と共に、私は〝私〟を生きていきます」

樋口さんの言葉が僕の心をつかんだ。僕は、ちゃんと自分を生きていると言えるだろうか。しがらみの中で、ずっと〝いい子〟を演じてきたんじゃないか……。常日頃抱いていた思いをさらけ出し、語り合った。楽しい人生問答だった。

樋口さんの体調は今も不安定で、疲れたりストレスを感じたりすると寝込んでしまうという。朦朧《もうろう》として、話しかけられても返事ができず、気絶するように寝てしまったり、目つきがおかしくなったり……。時間の感覚は失われたままで、においもわからない。

そんなやっかいな病気とつき合いながらも、彼女は「今が一番、らく」と笑顔で言い切った。僕よりも自由だな、と思った。

どんな病気になっても、その病気を踏み台にして、さらに自由や幸せをつかむことができる。そのことを、重い病と格闘している佐藤さんと樋口さんから教えられた。二人の生き方は、認知症に対する偏見に風穴を開けるだけじゃない。心を覆う雲がどれほど分厚かろうと、それを吹き飛ばすだけの力が、ヒトという生きものの中に潜んでいることに気づかせてくれる。物の見方や考え方をちょっと変えるだけで、自分自身も世界も変えられるんだ。

やっぱり人間って、すごい。

「ぼちぼち」「だいたい」が強いんだ

「時間に追われない国」をつくりたいと思い続けている男に会った。彼が開いた「ぼちぼち長屋」に行ってみた。わがままな僕も、ここなら住むことができる。住みたいと思った。

仕事は幸せになるための道具。目標ではない

生きていると、壁にぶつかったり、未来が見えなくなったり、生きるのが嫌になったりすることがある。でも、どんなに絶望しても、この二つがあれば生きぬくことができる、と僕は思い続けてきた。

愛する人がいること。働く場があること。これに近い言葉を、精神医学の巨人フロイトも言っている。

イラクの難民キャンプに医療支援に訪れるようになってから、ますますその思いを強くした。希望を失った人たちにキャンプ内で働く場を提供してあげると、急にいきいきし始めたりする。そんな姿を何度となく目のあたりにしてきた。

しかし、しかしである。その一方で、人間に生きる力を与えるはずの「働く場」が、命を奪う現実も出てきている。

「かとく」という言葉を、この頃よく聞く。正式な名称は、やたら長い。過重労働撲滅特別対策班。従業員に長時間労働・過重労働を強いる企業を取り締まるため、二〇一五年四月に厚生労働省が東京と大阪の労働局に発足させた。いうなれば「ブラック企業Gメン」。これまでに、エービーシー・マートやドン・キホーテなどの無茶な残業を摘発し、刑事責任を追及してきた。

その「かとく」が二〇一六年十一月、世界第五位の売上規模を誇る広告代理店、電通へ強制捜査に踏み込んだ。

入社一年目の高橋まつりさんが自ら命を絶ったのは、前年のクリスマス。自殺直前には、一カ月の時間外労働が百時間を超えていたという。ツイッターに遺された書き込みから、彼女のつらさが見えてくる。

〈もう4時だ　体が震えるよ…　しぬ〉

〈がんばれると思ってたのに予想外に早くつぶれてしまって自己嫌悪だな〉

〈はたらきたくない　1日の睡眠時間2時間はレベル高すぎる〉

そんな状況の中で、上司から「君の残業時間の20時間は会社にとって無駄」などと言われていたというのだ。

2016年11月11日、「介護の日」のイベントにボランティアで参加。愛知県長久手市の市長、吉田一平さんとトークショーを行った（有楽町朝日ホールにて）。

電通には、四代目の社長がつくった「鬼十則」と呼ばれる行動規範がある。その一つが、〈取り組んだら放すな、殺されても放すな、目的完遂までは……〉。時代錯誤も甚だしい。

仕事は面白いものであるべきだ。働くことを通して自分が成長できたり、知らない世界を学べたり……。もちろん、目標設定をし、それをやり遂げたときの達成感も仕事の大きな要素である。

でも大事なのは、僕たちは幸せに生きるために生まれてきたということ。幸せになるための道具の一つとして、仕事があること。仕事は決して目標ではないのだ。

この世の中で本当に大切なものは何か

厚生労働省が十一月十一日を「介護の日」と定めたのが、二〇〇八年。僕も毎年、イベントを開催してきた。

日本には、仕事地獄や介護地獄をつくりやすい体質がある。そんな社会を変えるヒントをもらおうと、二〇一六年の介護の日に、愛知県長久手《ながくて》市の市長、吉田一平《いっぺい》さんをゲストに招いた。

彼とは長いつき合いだ。一九四六年生まれで、僕より二歳年上。あまりにも型破りで大きな人だから、「市長」なんて呼びづらい。僕は尊敬を込めて、「一平さん」と呼んでいる。

一平さんは高校卒業後、商社に入社。猛烈サラリーマンとして十五年間、時間に追われる日々を過ごした。でも、過労から椎間板ヘルニアになり退職。長い療養中に、「この世の中で本当に大切なものは何か」考えたという。

元気になると、約一万坪の雑木林の中に幼稚園や託児所、老人ホームやデイサービスセンターなどを次々につくっていった。看護師や介護福祉士を養成する専門学校もつくった。

どれも無垢材をふんだんに使い、ゆったりとした設計。林の木を極力切らないように建てたから、コナラの大木を守るため屋根が切れていたり、廊下が微妙に曲がっていたり、部屋が不揃いでいびつだったり。それが画一化されたコンクリートの建物にはない、ほっとする雰囲気を醸し出している。

運営方針も建物同様、個性的だ。たとえば、「愛知自然幼稚園（もりのようちえん）」にはカリキュラムがない。滑り台やブランコなどの遊具も一切ない。子どもたちは一日じゅう、雑木林や高床式の丸太小屋みたいな幼稚園の床下を駆け回って過ごす。

「子どもにとっては自然の中でひたすら自由に遊ぶことが大事。ここでは何も教えません。言葉も音楽も教えない」

そう言い切っちゃうのが、一平さんのすごいところだ。

クラス分けも年齢別じゃなく、三歳から六歳まで混合の縦割り。お年寄りの施設を園児が訪れ、木の実を使って一緒に工作をしたり、昔の遊びを教わったりすることもある。老人ホームの裏庭で放し飼いされているヤギやウサギと遊ぶ子もいる。

一平さんも僕も「放し飼い」に近い。だから、子どもたちも、入居している高齢者も、動物も、できるだけ自由にしてあげたいのだ。

老人ホームの食堂は一般にも開放されていて、専門学校の学生なども食べに来る。さらに、築百五十年から四百年の古民家を敷地内に移築し、誰でも利用できる集会場に。いろんな人が訪れ、竈《かまど》でご飯を炊いて味わったり、機織《はたお》りをしたり、思い思いに活用している。露天風呂と生ビールサーバーがあるのもうれしい。

ＯＬと要介護老人と幼児が触れ合うキセキ

吉田一平という男の中には、でっかい遊び心がある。〈遊びをせんとや生まれけむ〉という思いが強いんだろうな。

施設のネーミングが、またユニークだ。小規模特別養護老人ホーム「だいたい村」、高齢者のグループホームと託児所が並んでいる「ほどほど横丁」、多世代共同住宅「ぼちぼち長屋」……。そして、さまざまな施設からなるコミュニティ全体は、「ゴジカラ村」と名づけた。

効率重視で時間に追われる「五時まで」の仕事の世界とは対照的な「五時から」の世界。「もっと自由に、のんびり生きようよ」というメッセージが込められている。電通のエラい人たちはゴジカラ村に研修に行ったらいいと思うな。

ゴジカラ村で、僕が一番惹かれたのは「ぼちぼち長屋」。二階建てアパートの一階に要介護度4や5の高齢者が暮らし、二階には若いOLさんが住んでいる。

彼女たちは別に介護を手伝うわけじゃないが、ただ挨拶を交わすだけで、おじいちゃんたちは元気になるという。OLさんのほうも、お年寄りと接することで、家賃の半額を返金してもらえる。

僕も歳をとったら、ここに住んでみたいな、と思った。

老人ホームと同じような介護や看護を受けられるうえ、施設と違って自由気まま。夜になったら、近くの飲み屋で焼き鳥を食べながらビールを一杯やってもいい。二階のOLさんと「今度一緒にコーヒーを飲みにいこう」なんて約束できたら、「ああ、生きててよかった」と思えそうだ。

幼児から高齢者まで、いろんな世代が混在しているのが、ゴジカラ村の魅力。普通の老人ホームでは、助けてもらう立場のお年寄りが、子どもたちを見守り、教える側にもなれる。日々の触れ合いを通して、子どもや若者の中に高齢者への尊敬の念や思いやりが育っていく。

雑木林が豊かで生きものの命を育めるのは、いろんな木々が共生しているから。人間だって同じ。さまざまな世代が入り交じることで、すべての人に居場所や生きがいが生まれるんだ。

わざと遠回りしよう、どんどん失敗しよう

介護の日のイベントに、一平さんは「まちづくり、まずは笑顔でこんにちは」と書かれたオレンジ色のベストを着て現れた。その姿を見て、新聞に載っていた投書が頭に浮かんだ。

あるマンションの住民総会でのこと。若いお母さんが、「知らない人に挨拶されたら逃げるよう子どもに教えているので、マンション内で挨拶しないよう決めて」と提案した。年配の出席者たちも、「挨拶しても返事がないことがあって、気分が悪かった」と賛同。挨拶禁止をルール化したという。

これが本当に子どもを守ることにつながるんだろうか。挨拶がそこらじゅうで飛び交うことで、むしろ安全に暮らせる街になると、一平さんも僕も思っているんだけど……。

なんだか悲しい。

一平さんは、長久手市がまだ町だった二〇一一年に選挙で圧勝。行政のトップになった。以

来、ゴジカラ村の精神を市全体に広げようとしてきた。目指しているのは、「わずらわしい街」だという。

わずらわしいのは嫌なことだと、僕たちは思っている。でも、「わずらわしいことをやめようとしてきたから日本は住みにくい国になってしまったんじゃないか」というのが彼の考え。スピードや効率にこだわれば、行政は画一的で単年度予算型になる。その地域に適した長期的な施策がとれなくなってしまう。みんなが面倒なことを人任せにし、便利さや安全、目先の快適さばかり追求していたら、人と人との関係はますます疎遠になる。本物の心地よさが遠ざかっていく。

だから一平さんは、地域にわずらわしさを積極的にもち込んだ。何か問題が起きても、すぐに解決策を打ち出したりしない。住民たちを議論に巻き込み、時にケンカしながら、時間をかけて一緒に落としどころを見つけていく。市民の力で街は変わると信じているのだ。

市役所の職員にも、「早くやれ」「完璧にやれ」「死んでも放すな」なんて鬼十則みたいなことは言わない。むしろ、日本社会にはびこる成果主義、効率主義の逆を勧める。

「早くやろうとせず、遠回りしよう。うまくやろうとせず、どんどん失敗しよう。遠回りすればするほど大勢が楽しめる。うまくいかないことがあればあるほど、いろんな人に役割が生まれる」

わずらわしい街を目指したら、日本一快適な市になった

一平さんの無手勝流に戸惑う市民や職員もいるみたいだ。でも、彼は批判を恐れない。わずらわしいことに手間暇かけてじっくり取り組むことが、地域づくり、絆づくり、生きがいづくり、人づくりにつながっていく——そう信じているのだ。

「ぼちぼち、ほどほど、だいたいがいいんです」

高橋まつりさんにも、死を選ぶほど追いつめられる前に伝えてあげたかったな。「ぼちぼち、ほどほど、だいたい」という、弱そうで強い生き方を。

一平さんは、「時間に追われない国」をつくりたいと思っている。「時間に追われる国」では、結果だけを求めて最短距離を最高の効率で走ろうとする。能力に価値を置く。一方、「時間に追われない国」はプロセスを楽しみ、一人ひとりの存在そのものを大切にする。

長久手市は人口六万人弱。名古屋市に隣接する一見何の変哲もないベッドタウンだ。でも、東京二十三区を含む全国の都市を対象にした東洋経済新報社の「住みよさランキング」で、二〇一二年から五年連続「快適度」ナンバーワンの座に輝いた。

わずらわしさを厭《いと》わず、遠回りを楽しもう。トラブルも失敗もドンと来いってつもりで生き

ていこう。自分自身に、そして周囲の人たちにも、「ぼちぼち、ほどほど、だいたい」と声をかけながら。

そうすればきっと、心がらくになる。街の中に笑顔が増えていく。みんなが生きやすい国へと、日本という国のカタチも変わっていくだろう。

ロボットは人間の寂しさを解消できるか

サスケに「お姫様抱っこ」してもらい、オリヒメとおしゃべりした。もちろん、猿飛佐助や七夕伝説に登場する織姫ではない。ロボット介護機器「ロボヘルパーＳＡＳＵＫＥ《サスケ》」と、遠隔操作できる分身ロボット「ＯｒｉＨｉｍｅ《オリヒメ》」だ。

「がんばらない介護」をロボットが支える

十年以上前、僕は賛同者を募って「がんばらない介護生活を考える会」というＮＰＯをつくった。今の介護はがんばりすぎ。介護する側にもされる側にも過度の負担を強いることなく、質の高いケアを続けるにはどうすればいいか。毎年、十一月十一日の「介護の日」などに講演やセミナーを行い、最先端の技術などを紹介してきた。

ＳＡＳＵＫＥに抱っこされたのも、その会のイベントだ。七百人ほど入った満員のホール。僕自身が寝たきりの要介護者という設定で、ベッドから車いすへと移乗させてもらったのだ。

ＳＡＳＵＫＥは、ＡＳＩＭＯ《アシモ》やＰｅｐｐｅｒ《ペッパー》のような人型ＡＩ（人工知能）ロボットではない。T字型で、ちょっと不格好。両端についている二本の棒を専用シートに差し込み、人間がハンドルで操作する。

僕は仰向けで横たわったまま、何もしなくていい。シートごと持ち上げられるのだが、実にソフトで安心感があった。介護する側も指先でコントロールでき、らくちんだ。

この経験で一番感動したのは、「よっこらしょ」感がないこと。人間が介助する場合、筋肉モリモリの男性ヘルパーや理学療法士でも、そうはいかない。たとえ言葉にはしなくても、「よっこらしょ」という気合いみたいなものがまわりに伝わるのだ。これが繰り返されると、介護される側は申し訳ないなと思ってしまう。

老人ホームなどを運営しているオリックス・リビングが、四十代以上の男女を対象に二〇一七年、「介護に関する意識調査」を行っている。介護される立場になったときロボットによる身体介護を受けたいかと聞いたところ、約八割の人が肯定的だった。その理由は何か。「ロボットには気を遣わないから」(五三・七%)、「本当は人の手が良いが気を遣うから」(二四・二%)。

SASUKEがいれば、気兼ねすることなく車いすに移してもらえる。そのままダイニングに行きご飯を食べるだけで、気分が変わる。電動車いすに乗って一人で散歩やスーパーに出かけられる人も増えるだろう。

外の空気が吸える。空が見える。買いたい物を買いに行ける。人が生きていくうえで、これってすごく大事なこと。心の負担を感じず社会と自由につながることができれば、つらさや寂しさも少し癒えるんじゃないか。

日本の六十五歳以上の高齢者は三千五百十四万人（二〇一七年九月現在、総務省統計局）。総人口の二七・七％だ。団塊の世代が七十五歳以上になる二〇二五年には、介護職員が三十七万七千人不足すると言われている。介護の現場では、排泄や食事の介助など生きるための最低限のケアだけで手いっぱいになってしまうはず。今後、介護ロボットの需要は、ますます高まっていくと思う。

分身ロボットを遠隔操作。寝たきりの青年が会社員に

ＯｒｉＨｉｍｅに会ったのは、二〇一七年三月。上半身だけで、天使の羽みたいな腕と頭がついている。高さは二十センチほど（Ｐ１７５の写真参照）。カメラやマイク、スピーカーが内蔵されていて、インターネット回線で遠隔操作する。

離れた場所にいても、ＯｒｉＨｉｍｅの周囲にいる人とリアルタイムで会話できる。首を傾《かし》げたり、拍手したり、手で頭を抱えたりといった動作で、感情も伝えられる。首を上下左右に動かせば、まわりの風景だって楽しめる。まさに自分の分身として使えるロボットなのだ。

その開発・レンタルを手がけるオリィ研究所を訪ねると、所長の吉藤健太朗さんとともに一台のＯｒｉＨｉｍｅが迎えてくれた。

小さな分身ロボットのパイロット（操縦者）は、岩手県盛岡市に住む番田雄太さん。四歳のとき交通事故で頸髄を損傷し、首から下が動かない。二十年以上、寝たきりだ。しゃべることはできるが、人工呼吸器もつけている。

そんな彼だが、なんとペン型のマウスを顎で動かし、ベッド脇のパソコンを介してＯｒｉＨｉｍｅを遠隔操作。毎朝、東京都三鷹市にある研究所に〝出勤〟し、所長秘書としてスケジュール調整やメール対応、ウェブサイトの更新などを行っている。さらに広報も担当。吉藤所長と一緒に全国に講演にも行く。

番田さんが研究所の一員になったのは二〇一三年。ＯｒｉＨｉｍｅのことを知り、「自分も一緒に何かやりたい」とメッセージを送ったのが始まりだった。以来、新型のテスト機ができると彼が試し、「もっと視野を広げてほしい」「腕をつけたほうがいい」などと提案。それを参考に、吉藤さんたちが改良を重ねてきたという。

テーブルにちょこんと置かれたＯｒｉＨｉｍｅから番田さんの声が流れてきた。

「このロボットを使うことで、いろんな人と出会えるようになった。人との関わりが増えた。それが以前と一番変わったところだと思います」

番田さんは学校に通ったことがない。友達もなく、病院と自宅の天井だけを眺めて生きてきた。外との接触がなければ、人は孤独になる。やがて自分の存在価値を見失い、生きる気力も奪われてしまう。彼もそうなりかけていたという。

「働くことができるようになって、寝たきりの状態でも人の役に立てるという実感が生まれました」

番田さんは年二回、東京を訪れる。すると、ＯｒｉＨｉｍｅで話していた人たちが生身の彼に会いたいとホテルに集まってくる。盛岡まで遊びに来る人もいる。ロボットが出会いのきっ

上／「介護の日」のイベントで僕自身がベッドに寝て、ロボヘルパーSASUKEに車いすへと移してもらった。
下／分身ロボットOriHimeと開発者の吉藤健太朗さん。見づらいが、パソコン画面の左側が在宅で勤務していた番田雄太さん。

かけをつくり、世界がどんどん広がっていったのだ。

「風を感じ、空を感じ、自分のやりたいことをする……そんな当たり前のことをできない人がたくさんいます。そういう人たちの助けになりたい」

番田さんの熱い思いが、目の前の小さなロボットから伝わってきた。

劣等感と無力感……でも、死んじゃダメだ

ＯｒｉＨｉｍｅを設計・開発した吉藤健太朗は一九八七年生まれ。彼も、孤独をよく知っている。小学校五年から中学二年までの三年半、不登校だった。

きっかけは、体調を崩してしばらく学校を休んだこと。久しぶりに行ったら、「ヨシフジが来たぞ」「ズル休みだ」とからかわれた。もともとクラスメートと話が合わなかったが、さらに孤立が深まった。やがて学校にまったく行けなくなる。部屋にこもって折り紙やゲームばかりしていたという。

勉強が遅れていく焦りや劣等感。心配して疲れた顔をしている両親への申し訳なさ。このままじゃいけないと思うのに、何もできない無力感……。気がついたら夜中に神社の池の前に立っていて、「死んじゃダメだ」と自分に言い聞かせたこともあった。

ターニングポイントは、母親の勧めで出場したロボットコンテストだった。そこで出会った

ロボット開発者に弟子入りしたくて、中学二年の冬から学校に戻り猛勉強。その人が教師として勤務していた工業高校に入学した。

高校では、電動車いすづくりに熱中。彼が中心となって製作した「絶対に傾かず、段差も上れる車いす」は二〇〇四年、高校生科学技術チャレンジで最高位の文部科学大臣賞に輝いた。世界大会でも三位になった。

吉藤さんが「師匠」と呼ぶ高校時代の恩師は、人づき合いが苦手な彼に養護学校へボランティアに行くよう勧めた。引きこもり時代に一人で腕を磨いた折り紙がコミュニケーションツールとなって、さまざまな障がいをもつ生徒たちと親しくなれた。

孤独な男が「孤独の解消」を人生のテーマに

高校卒業後に進んだ高等専門学校では、人工知能に取り組んだ。

車いすを開発した際、高齢者や障がい者の話を聞いて、自分同様、多くの人が孤独に苦しんでいることを知った。そして、「アニメに登場する友達みたいなＡＩロボットが部屋にいてくれたら孤独を癒やせるんじゃないか」と考えたという。

孤独によるストレスは生きる力を奪い、うつ病や認知症の一因にもなる。そのつらさを身にしみて感じたからこそ、「孤独の解消」を人生のテーマにしようと決めた。

「でも、人工知能の研究をして、よくわかりました。ＡＩには人を癒やせないということが。ロボットに依存するだけでは、寂しさは解消できません。

人づきあいはストレスが多く厄介ですが、人を本当に癒やせるのは人だけ。人との関わりの中にこそ本物の癒やしがあるんだと思います」

研究のかたわら福祉施設でのボランティアを続けるうちに、その思いはますます強まっていった。

人工知能は、画像認識や車の自動運転など、すでにさまざまな領域で活用されている。ＡＩの急速な進歩を促したのが、ディープラーニング（深層学習）だ。人間が細かくプログラムしなくてもコンピュータ自体が学習し、データ解析を繰り返しながら、より適切な答えを導きだしていく。最近、あちこちで見かける人型ＡＩロボットも、人間と会話しているうちに複雑な返答ができるようになる。

でも僕なら、ＡＩと会話すればするほど「寂しい」とひとり言を言ってしまいそうだ。時には人と握手したり、ハグしたりしたくなることもあると思う。

「ＡＩは、人間ができないことを代行させるにはいいと思いますが、今のままだと人間の仕事を奪う可能性がある。そうなったとき、居場所を失った人間は、かえって孤独感を増してしまうかもしれません。

孤独というのは、単にひとりぼっちになることではない。自分は社会のお荷物だ、世の中に必要とされていないと思い込んでしまうことで、孤独感が強まるんです」

その後、吉藤さんは早稲田大学へ。大学三年生の春、当時住んでいたアパートの一室に旋盤などを揃え、「人と人をつなぐ」分身ロボットの開発をスタートする。体が不自由でも、遠く離れていても、会いたい人に会い、社会に参加できる——そんな未来を実現するために。

ＯｒｉＨｉｍｅ０《ゼロ》号が誕生したのは、二〇一〇年。仲間もでき、一人きりで始めたオリィ研究所を株式会社にした。デザインや機能の改良を重ね、二〇一五年七月七日からレンタル開始。レンタル料は法人で月額五万円、個人は三万円。いつか無料で提供するのが夢だ。

吉藤健太朗は、青年版国民栄誉賞といわれる「人間力大賞」を受賞している。二〇一六年には世界有数の経済誌『フォーブス』で「アジアを代表する三十歳未満の三十名」に選ばれた。

こんな若者が日本にいることが、すごくうれしい。

二億三千万円の資金調達に成功

吉藤さんと話している間も、番田さんの分身ロボットは頷いたり、腕をパタパタさせたり。共感してくれているのがわかる。番田さんも一緒にいるみたいだ。

能面を参考にしたというＯｒｉＨｉｍｅの顔は、目のところがくぼんでいるだけ。僕の親友、原田泰治さんの絵のように、目や口や鼻を描き込んでいない。だから、いいんだ。遠隔操作している彼は今、泣いてるんじゃないか、怒ってるんじゃないか、喜んでるんじゃないか……と想像力が自由に羽ばたく。目の前のロボットが、だんだん本人に見えてくる。

オリィ研究所の特別顧問を務めていた藤澤義之さんも、二〇一七年に八十歳で亡くなるまでＯｒｉＨｉｍｅ愛用者の一人だった。日本興業銀行会長やメリルリンチ日本証券代表取締役会長などを歴任したが、六十六歳のとき筋萎縮性側索硬化症を発症。全身の筋肉が次第にやせ衰え、寝たきりになった。やがて体を一切動かせず、しゃべることもできなくなった。

そんな彼の協力のもと、吉藤さんは、わずかな視線の動きだけで分身ロボットを操作できるシステムを開発した。目で文章を入力し、音声に変換して〝しゃべる〟こともできる。

逸材が集うオリィ研究所に、世界が注目し始めている。投資家も目をつけ、二〇一六年、二億三千万円の資金調達に成功した。

ＯｒｉＨｉｍｅは今後ますます広まっていくだろう。使い方は無限大。

学校の教室に置いておけば、難病の子どもたちも自宅や病室で授業を受けられる。手を挙げて自分の意見を言ったり、みんなと討論したりできる。寝たきりのおばあちゃんがＯｒｉＨｉｍｅを通して孫の結婚式に出席したり、家族と一緒に海外旅行を楽しんだりすることだって可能だ。一人暮らしのお年寄りの見守り役や、単身赴任のお父さんと家族を結ぶツールとしても力を発揮するだろう。

吉藤さんの肩書きは、「ロボットコミュニケーター」。

「人と人とのコミュニケーションを支えるロボットをつくる。それが私の仕事です」

二〇一七年九月、番田雄太さんが亡くなった。まだ二十八歳。若すぎる。残念でならない。

YouTubeにアップされたスピーチの中で、彼はこう語っていた。

「この分身ロボットOriHimeは、これまでになかった〝心の車いす〟です。私のようなベッドの上から動けない人でも世界中とつながり、仕事ができて、思いを形にできる。私たちオリィ研究所は、そんな未来を実現するチームです。

みなさん、生きる意味とは、人とつながることで見つかるのです」

僕は人間が大好き。ロボットもAIも、なんとなく嫌いだった。でも、SASUKEやOriHimeのようなロボットなら、上手に利用すれば世界が広がる。

吉藤さんと番田さんには、大切なことを教えてもらった。たとえ体が不自由になっても人とつながり、人生を謳歌できるのだ。

捨てられることは、与えられること

心を激しく揺さぶられた。韓国系フランス人の女性監督が撮った『めぐりあう日』。二〇一六年の夏、この映画が東京・神保町の岩波ホールで公開されたとき、自分がどれほど感動したか、上映の合間にトークショーをした。

〝映画大好き人間〟を魅了したフランス映画

僕は映画大好き人間。今でも年間百五十本は観る。ただし、ハリウッドや大資本の映画にはあまり興味がない。単館で細々と上映される小品の中から、きらめくような魂のある映画を見つけるのが好き。

『めぐりあう日』も、そんな作品だった。

フランスには、身元を明らかにせず病院で子どもを産み、養子に出せる「匿名出産」という制度がある。映画の主人公で、理学療法士をしているエリザも、匿名出産で生まれ、養父母に育てられた。

実母について知りたくても、法律で教えてもらえない。ならば自ら調べようと、彼女は自分が生まれた産院のある港町へ、パリから引っ越してくる……。

これは息づかいの映画だと思った。愛と自由の映画でもある。

監督のウニー・ルコントは、韓国生まれ。実の親に捨てられ、九歳のとき養子縁組でフランスに渡った。彼女のデビュー作『冬の小鳥』が日本で上映された二〇一〇年、僕はルコント監督と『婦人公論』の誌上で往復書簡を交わした。

『冬の小鳥』は、彼女自身の体験がベースになっている。

一九七五年の韓国が舞台。九歳の少女ジニは、新しい服と靴を買ってもらい、大好きなお父

ウニー・ルコント監督の映画『めぐりあう日』のポスター。© 2015-GLORIA FILMS-PICTANOVO

ウニー・ルコント監督も僕と同様、実の両親に捨てられ養父母に育てられた。
© 2015-GLORIA FILMS-PICTANOVO

さんとバスに乗る。楽しい一泊旅行のはずだった。

しかし、高い壁に囲まれた殺風景な建物に着くと、父親はジニを置いて帰ってしまう。そこは、親に死に別れたり捨てられたりした少女たちが暮らす、カトリック系の養護施設だった。

必ずお父さんが迎えに来てくれる。そう信じて、周囲に馴染もうとしないジニ。喪失感、痛み、怒り、孤独、諦め、そして捨てきれない一縷《いちる》の希望……揺れる心と、子どものいないフランス人夫婦の養女となって見知らぬ異国へと旅立つまでの日々が、繊細なタッチで描かれていく。

両親が私を捨てたおかげで、今の自分がある

『冬の小鳥』のパンフレットに、ルコント監督のこんな言葉が載っていた。

〈今の私の人生があるのも、両親が私を捨てたおかげです〉

強い言葉だ。

どうしてそんなに強くなれたのか――最初の手紙で、僕は彼

女に尋ねた。

その返事に書かれていた内容を、今もはっきり覚えている。

少女時代の彼女にとっては、実の親との別れだけでなく、母国である韓国の言語や文化を失ったことも大きな苦しみだった。しかし、月日を経《へ》るにつれ、〈生まれた場所とは違う国で、いろんな経験ができたおかげで、私の人生はとても豊かになった〉〈悲痛な別れの代償として〝究極の自由〟を手に入れた〉と思えるようになったという。

〈フランス語で「捨てられた」を表す「アバンドネ（abandonné）」の「donné」には、「与えられた」という意味があります。つまり「捨てられる」という言葉には、「何かを与えられる」という意も含まれている。たとえ捨てられても、そのことによって、新たな人生を歩むチャンスを与えられる――そんなふうに受け止めることもできるのではないでしょうか〉

「いい子」を演じ続ける僕

僕も、親に捨てられた子どもだった。子どものいない貧しい夫婦が、一歳十カ月の僕を拾ってくれた。

三十七歳のとき、自分が養子だと知った。自分のアイデンティティを確認したくて、実の両親を探し始めた。

母は行方知れず。父も見つけたときには、すでに亡くなっていた。

捨てられたときの記憶は一切ない。しかし、間もなく二歳という年齢なら、うれしいとか悲しいとか寂しいとか、はじけるような豊かな感情がすでにあったはず。ある日突然、長屋のようなところに連れて行かれ、「ここがお前の家だ。この人がお父さん、この人がお母さん」と言われたら、どんなにつらかっただろう。何も覚えていなくても、潜在意識の中に深い傷が残っただろう。

二度とこんな思いをしたくない……それから僕は、「いい子」を演じるようになった気がする。「なんで⁉　ふざけんな」というドロドロした感情を胸底に渦巻かせながら、礼儀正しく、明るい子どもとして振る舞い始めたのだろう。

僕は人から、自由気ままに生きているように見られがちだ。でも、実はそうじゃない。いつも自分の中の「いい子」に縛られている。だから、〈究極の自由を手に入れた〉と断言したルコント監督が、ちょっとうらやましかった。

九歳で親に捨てられた彼女は、傷口をオブラートでくるまれ生きてきた僕より、ずっとつらかったに違いない。でも、そのつらさがあったからこそ、自由で豊かな精神を育むことができたのだと思う。

人生で大きく躓いたとき、深く絶望したときほど、大切なものを得るチャンスなのだ。ルコント監督との往復書簡を通して、そう確信した。

人は変われる。誰でも、何度でも

ルコント監督と手紙をやりとりしていた時期、僕はちょうど、『人は一瞬で変われる』という本の原稿を書き終えたところだった。

「人間は変わらない、変われない」なんてよく言われるけれど、そんなのウソだ。医師として働く中で、何かをきっかけに人生を変えた人たちをたくさん見てきた。人が変わっていく瞬間があることに気づいた。

ちょっとしたきっかけで、人は変わる。その瞬間は、誰にでも、しかも一度だけでなく何度もやって来る。

大切な一瞬を見過ごさず、行動変容のためのスイッチを上手に押すことができれば、自分の内に眠っていた「変わるための力」が目を覚ます。すると、その人自身の人生だけでなく、周囲の人たちまで変わり始める……。

そういうことを、さまざまな具体例を紹介しながら一冊にまとめた。

その本についてルコント監督への手紙につづると、返事にこう記されていた。

〈私もあなたのように、人は変われる、誰でも何度でもチャンスが与えられる、いくつもの人

生を生きることができると考えています〉

『冬の小鳥』の原題は、『Une Vie Toute Neuve』。「まったく新しい人生」という意味だという。

映画のラスト近く、主人公が変わる瞬間をとらえた印象的なシーンがあった。養護施設の中で唯一心を許し、「二人で一緒に養子に行こう」と約束していた友達が、ジニを残しアメリカに行ってしまったあと、彼女は自分を埋葬しようとする。小鳥の墓から死骸を掘り出し、さらに深く掘って横たわり、両手で土をかけていくのだ。

息苦しくなって思わず顔から土を払いのけたときの、ジニの瞳が忘れられない。生きようとする意志が伝わってくる、まっすぐで強い瞳だった。

ルコント監督自身にも、人生を変えた瞬間が何度かあったという。その一つ、親に捨てられた経験についての見方・感じ方を根本的に変えた出来事が、手紙につづられていた。

彼女は長いこと、なぜお父さんは私を愛してくれなかったんだろうと自問し続けていたそうだ。しかし、精神分析医にかかったとき、自分が苦しんでいるのは愛されたことがないからではなく、かつて愛されていて、その愛を失ってしまったからなのだと気づく。そして、幼い日に実の父から注がれた愛情が、今も自分の人生に深く刻み込まれていると考えるようになったという。

過去も含めて、今の自分を肯定する

話を『めぐりあう日』に戻そう。

主人公のエリザは、三つの顔をもつ。実母を捜す娘であり、夫とうまくいっていない妻であり、十歳になる息子の母親でもある。

夫は生粋のフランス人で、彼女も白人にしか見えないが、息子はアラブ系の顔立ち。エリザの両親のいずれかがアラブの人だということを暗示している。

三十年の時を経て、めぐりあう娘と母。「なぜ私を手放したの?」と問いただすエリザに、母アネットは語り始める。中東から来た妻子もちの男を愛し、身ごもったこと。中絶という選択もできたが産みたかったこと……。

最初のうちアネットはエリザから顔を背け、何も答えようとしなかった。かつて愛した男を、自分の兄や母親が罵倒し、「アネットをさんざん弄《もてあそ》んで捨てた」とエリザに語るのを、ただ黙って聞いていた。

しかし、やがて「彼は誠実な人だったわ……自分のことは自分で話す。私の人生よ」と二人を遮り、重い口を開く。兄や母に従うだけだった日々にピリオドを打ち、毅然として新しい自分を生き始めるのだ。

エリザもまた、三十年前の真実を知ったことで新たな一歩を踏み出していく。

人生は、さまざまな経験の積み重ねだ。どんなつらい過去であっても目を背けちゃいけないんだ。

過去も含めて、今の自分を肯定することが大事。そうできてこそ、未来は輝く。ルコント監督のような、しなやかな強靭《きょうじん》さを身につけられるのだと思う。

「与えられる人」から「与える人」へ

往復書簡の中で、彼女は僕に聞いた。医師という仕事に、自分の過去の経験がどう役立っているか、と。

その手紙を受け取ったとき僕は、チェルノブイリ原発事故の放射能汚染地で医療支援をして戻ってきたばかり。返事を書き上げると、すぐパレスチナの難民キャンプに向かった。

そんなふうに世界各地の苦しんでいる子どもたちを助ける活動を始めたのは、親に捨てられた過去のおかげ。養父母に拾われて、新しい人生を生きるチャンスを与えられたからこそ、今度は「与える側」に回りたいと思ったのだ。

『めぐりあう日』のエンディング。ピアノとトランペットの美しい調べに、朗読が重なる。

それは、フランスの詩人、アンドレ・ブルトンが、生まれて間もない娘に宛てて書いた手紙の一節だった。

〈あなたが狂おしいほどに愛されることを、わたしは願っている〉（『狂気の愛』所収）

ルコント監督の祈りが、ブルトンの言葉に込められているような気がした。

彼女も僕も、両親にどんな修羅場があったとしても、愛の海から生まれてきたと信じたい。

映画を観ながら、次の何かを始めるためのエネルギーと自由な精神が、自分の中に注ぎ込まれていくのを感じた。

一本の映画や一冊の本が、新しい人生へと後押ししてくれることがある。だから僕は、たくさんの映画を観、たくさんの本を読むことをやめられない。

人工的につくられた「私」

「あなたとお父さんは血がつながっていない。ほかの人から精子を提供してもらって、あなたが生まれた」

Sさんが母親にそう告げられたのは二〇〇二年、二十三歳のときだった。

知らない人の精子を使って、母は私を産んだ

彼女の父親は、遺伝性の難病を抱えていた。筋ジストロフィー。高校に入って間もなく、父の病名を知った。自分にも遺伝しているんじゃないか……不安になったが、母親に「男の人しか病気にならない」と教えられたという。

しかし、それから七年後、筋ジストロフィーにもさまざまな種類があることに気づく。調べると、お父さんの病型は高い確率で子どもに遺伝し、女性も発症すると書かれていた。

Sさんは激しく動揺し、遺伝子検査を受けようかと悩んだ。そんな娘を見て、お母さんも隠しきれなくなったのだろう。

「血がつながっていないから、病気も遺伝していない」

母の言葉に安堵した次の瞬間、Sさんを混乱とショックが襲った。

養子でも、お母さんの連れ子でもないの？

精子提供ってどういうこと？

じゃあ、私の本当の父親はいったい誰⁉

問いつめる彼女に、母はポツリと答えた。

「昔、慶應大学病院で人工授精をしてもらった。提供者については、匿名だったから何もわからない」


なかなか子どもができない。でも、子どもがほしい。そんな悩みと願いに応え、さまざまな生殖補助医療技術が生まれ、発展してきた。採取した精子を子宮に注入する「人工授精」。体外に取り出した卵子と精子を培養液の中で近づけて受精を待ち、受精卵を子宮に戻す「体外受精」。体外で顕微鏡とガラス針を使って卵子に直接精子を注入する「顕微授精」……。

生殖補助医療で生まれる子どもの数は年々増え続けている。二〇一五年時点で日本の全出生数の四・八％、約二十人に一人の割合だ。

ほとんどは戸籍上の両親と生物学的両親が同じだが、まれに異なる場合がある。配偶者以外の第三者から精子や卵子の提供を受けて妊娠・出産するケースだ。Ｓさんもその一人、非配偶者間人工授精（ＡＩＤ）で誕生した子どもだった。

「普通」という呪縛が人を苦しめる

ＡＩＤの歴史は意外と長い。

日本では、一九四八年に慶應義塾大学病院で治療が始まり、翌年、女児が誕生。これまでに、この技術を使って一万～二万人ぐらい生まれたとされている。正確な数は不明だ。日本産科婦人科学会がＡＩＤの実施施設を登録制にし、統計を取るようになったのは一九九七年から。登録せずに行っているクリニックもある。妊娠すると通院をやめてしまい、普通に妊娠したことにして地元の病院で出産する人も多い。

この「普通」という感覚が、曲者なのだ。結婚したら子どもができるのが普通。親子は血がつながっているのが普通。二つの普通の呪縛の下で苦しむカップルが、いかに多いことか。

子どもは生まれないこともあるのになあ、と思う。それが自然の摂理。だけど、どうしても普通に近づきたい。自分たちと半分だけでも血のつながった子どもがほしい。だから、二万組ものカップルがＡＩＤに救いを求めたのだ。

ある調査によれば、日本ではＡＩＤで子どもをもうけた夫婦の九割近くが、子どもに事実を

「普通の幸せ」に束縛されてしまう生き方もある。©野口昌克

知らせないと答えている。約八割が、親きょうだいや友人にも相談せず精子提供を受けたという。

民法の規定で、産んだ女性が母親、その夫が父親ということになるため、養子と違って戸籍に跡は残らない。かつては子どもの血液型でわかってしまうこともあったが、今はそれを考慮して提供者が選ばれる。だから、自分たちさえ黙っていれば永久に隠し通せると思う。

でも、思い通りにいかないのが人生。Sさんのように、遺伝性の病気などがきっかけで事実を知らされる人もいる。

ＡＩＤで生まれ医師になった男性は、両親と自分の白血球の型を調べる実習で、父親と血がつながっていないことに気づいたという。

両親がケンカしている最中や離婚するとき、また父親が亡くなる直前など、家族の危機的状況で「実は……」と親に告白されたケースも目立つ。

「秘密」をもつ息苦しさ

人間の心は複雑だ。「普通の幸せ」を手に入れたくて受けたＡＩＤが、夫婦の不和を引き起こすことも少なくない。

長年不妊で苦しんできたカップルは、子どもを授かった当初、喜びに溢れる。しかし、半分でも血がつながっていることにこだわってＡＩＤを選んだはずなのに、半分しかつながっていないことで家庭の中に違和感が生まれる。隙間風が吹き始める。

すると、夫婦の間でさえ語らず封印してきた自分たちの「普通じゃなさ」が、よけい重たくなる。

秘密を持ち続けているのがつらくなり、ある日突然、子どもに打ち明けてしまう。重すぎる事実を突然突きつけられる子どもの気持ちなど、思いやる余裕も覚悟もないままに……。

かつては子どもをもてなかった人が親になれる一方で、生殖補助医療技術の進歩は新たな苦悩を生む。さまざまな問いを僕たちに投げかけてくる。

Ｓさんは言う。

「父と血がつながっていないと知ったとき、『だから、お父さんは私に関心が薄かったのか』と納得してしまう自分が悲しかった。でも、それ以上につらかったのは、大事な事実をずっと隠されていたということ。

私の人生は親のウソの上に成り立っていたんだ……そう強く感じました。それまで無条件に信じていたもの、自分の経験や思い出の土台となる部分が崩れてしまうと、その上に積み重ねてきたすべてがウソのように思えてくるんです」

精子の提供者について知る術《すべ》もないことが、宙にぽっかり浮いているような寄る辺《べ》なさを何十倍にも膨らませた。

精子というモノを使って人工的につくられた私は、いったい何者なんだろう。ほかのことが考えられず、眠れない、食べられない日々が続いたという。

母親は手短に事実だけを告げて以降、一切その話題に触れようとしない。誰にも打ち明けてほしくないと思っていることも伝わってきた。

「それほどに隠したい、恥ずかしいと思う方法で私は生まれてきたのか。そう考えると、自分の存在そのものが認められていない気がして……。両親の顔を見ると、悲しみと不安と憤りが溢れてくる。でも、その感情をぶつけることはできない。

そんなとき母から、『なぜそんなに悩む必要があるの』と言われたんです。悩むことさえ認めてもらえないのかと苦しくなり、家を出ました」

それから一年後、何も話せないまま、お父さんが亡くなった。

人間は、自分のルーツを知りたい生きもの

やがてSさんは、ＡＩＤに関する新聞記事をきっかけに同じ苦悩を抱えた仲間と出会う。そして二〇〇五年、当事者同士で語り合える場をつくろうと、「非配偶者間人工授精で生まれた人の自助グループ」を立ち上げた。

その一人、五十代の既婚女性は、思春期の息子に自分がＡＩＤで生まれたことをどう伝えたらいいか悩んでいた。四十代の男性は、匿名で精子を提供した遺伝上の父親を、さまざまな手段を講じ十五年も探し続けている。

提供者が誰か知りたい気持ちは、Ｓさんも強いという。

「父親の義務として何かを求めてとか、そういうことで知りたいわけじゃないんです。私の父は、育ててくれた父。ただ、自分が生まれた元に精子と卵子というモノではなく、実態のある人間が存在していたことを確認したい。どんな人で、その人と自分の何がつながっているのかを感覚として感じたいだけ」

不妊を恥ずかしいこととして隠し、ベールで覆ってしまう夫婦は多い。養子でも、しばしばヒミツにされる。

僕が養子であることを知ったのは三十七歳のときだ。それだけ長く人生を生きてきても、かなりのショックだった。実の母と父について調べたりもした。

人間は自分のルーツを知りたくなる生きものなんだ。

一九八九年に国連総会で採択された「子どもの権利条約」は、子どもが「自分の出自を知る権利」を謳っている。スウェーデンやフィンランド、スイス、ニュージーランドなど、精子提供者を特定できる情報を得る権利を法律で定めている国もある。

さらにイギリスなどでは、カウンセリングや情報管理を行う公的機関まであって、十八歳以上の子どもが遺伝上の父親を知りたいと思えば、「この人かも」と教えてくれる。生物学的な父親と会うことで育ての父に対する感謝の気持ちが強まったり、精子を提供してくれた相手と穏やかないい関係を築いたりする人も多いという。

僕たちの国は、ずいぶん遅れちゃってるなあ。

「外国では、そもそも婚姻している男女だけが子どもをもつわけじゃないという現実がありますよね。シングルの女性や同性カップルでも、ＡＩＤのような技術を使って家族をつくれたりする」

何があっても「生き心地」を感じられる人は強い

なるほど。「普通の家庭」を装いきれない現実がたくさんあるから、精子提供で生まれてくる子どもの気持ちや、子どもが生まれたあとに起こり得る問題について考える環境ができたというわけか。

「匿名と秘密の下でＡＩＤを行う日本では、子どもに話すという選択肢が最初からない。伝え方もわからない。

それが親子双方をつらくさせている。オープンで隠しごとのない親子の信頼関係をつくるべきなのに、傍《はた》から普通に見えるほうを重視して、親子関係に溝ができてしまう」

Ｓさんは一人暮らしを始めてから母親に電話で、自分の苦しみや怒りや疑問をぶつけたことがあるそうだ。お母さんも泣きながら、自身の気持ちをぶつけてきた。

その後、ＡＩＤのイベントにお母さんが足を運んでくれ、心を覆っていた雲が少し晴れた気がしたという。

「自分が、顔も名前もわからない誰かの精子から人工的につくられたと知ってつらかった。知ったことで生じた問題もたくさんある。

でも、そういう課題を抱えたうえで今生きている自分に、生き心地を感じています。知らなければよかったとは思いません」
生き心地――力強い言葉だ。きっぱりとそう言い切る彼女は、すごく穏やかで、いい顔をしていた。

多様性を認め合えれば、もっと生きやすくなる

Sさんと話しながら、いろんなことを考えた。普通ってなんだろう。命ってなんだろう。家族ってなんだろう。幸せってなんだろう。

政治家の野田聖子さんは、夫の精子とほかの女性から提供された卵子で体外受精し、五十歳で子どもを産んだ。

がんで子宮を失ったタレントの向井亜紀さんは、夫と自分の血を引く双子をアメリカで代理出産してもらった。

つい最近も、フリーアナウンサーの丸岡いずみさんが、凍結保存しておいた自分たち夫婦の受精卵をロシア人の代理母に産んでもらい、四十六歳で母になったことが話題を呼んでいた。

丸岡さんとは、『news every.』という番組でご一緒していた時期がある。幸せな家庭を築いてもらいたいと思っている。

血のつながりがない家で、僕は生きてきた

僕は、彼女たちの選択を否定しない。どんな方法で生まれようと、人間の命の重さに変わりはない。その一方で、そんなに血のつながりにこだわらなくてもいいのになあ、とも思う。世の中には、子どもを育てられない親がいっぱいいる。幼くして捨てられた僕のような子どもを自分の子として育てることだって、すごくステキな大仕事だ。

代理出産を引き受けるのは貧困女性が多いといわれている。崇高なボランティア精神で十カ月間自分のお腹を貸す人もいるが、たいていは大金が動く。体にも大きな負担がかかる。

生殖補助医療技術の進歩はめざましい。卵子や受精卵を冷凍保存しておいて、仕事をやるだけやったあとに子どもを産みたいという女性の夢も、新しいテクノロジーが叶えてくれる。

それは女性にとって朗報のように思えるが、果たしてどうだろう。出産・育児休暇を十分にとってもキャリアに影響がないような社会にするほうが、本当の意味で女性を応援することにつながるんじゃないかな。もちろん、これらはあくまでも僕個人の意見。考え方は人それぞれでいいんだ。違うから人間は面白いんだ。

何が「普通」、何が「正しい」なんて決めつけず、多様性を認め合えれば、日本は今よりずっと生きやすい国になる。そう信じている。

第4章

自分の内なる「生きぬく力」を引き出せ

津波の傷痕と負けない心を、未来に遺す

シンディ・ローパーが石巻でピアノを買った。世界をマタにかけてコンサートツアーをする歌姫が、なんで東北の地方都市でピアノを買ったんだろう。

アーティストを引き寄せる「奇跡のピアノ」

宮城県石巻市にある楽器店「サルコヤ」。入り口のすぐ右手に置かれたグランドピアノをこれまで誰が弾いたか知ったなら、みんな驚くだろう。アメリカの歌手、シンディ・ローパー、ジャズピアニストの上原ひろみ、『ＩＮＯＲＩ～祈り～』のヒットで知られる歌手のクミコ、兄弟ピアノデュオのレ・フレール……。

「ピアコ」と名づけられたグランドピアノは、ヤマハの普及型。それも一九五六年につくられたものだ。なのに、仙台から車で一時間半ほどかかるこの店まで、高名なミュージシャンたちがやって来る。

なぜなら、あの大津波にのまれ、奇跡的に蘇ったピアノだから。

海水に浸かり、泥にまみれ、鳴らなくなったピアノを再生させたのは、サルコヤ楽器店のオヤジ、一九二九年生まれの井上晃雄《てるお》。

ニホンザルがいる楽器店を大津波が襲った

東日本大震災の直後から、僕は東北各地で支援活動を続けてきた。診察や炊きだしのほか、上下水道が壊れ、ずっとお風呂に入れない人の多かった石巻では、避難所に仮設風呂をつくる「千人風呂プロジェクト」も立ち上げた。石巻商店街の一角だった。

そこで井上さんのことを知り、石巻に行くと、よくサルコヤに顔を出すようになった。

童話に出てきそうな店名の由来が面白い。一九二二年創業で、もともとは玩具店。名前も違っていた。

ある日、井上さんのお父さんのアイディアでニホンザルを店先で飼い始めたところ、子どもたちは大喜び。売り上げも増えた。

サルがいるオモチャ屋さんだから、サルコヤ。そのストレートさが逆にチャーミングだ。

井上さんが二十六歳で家業を継ぐと、玩具やひな人形に加え、楽器も扱うようになった。戦争中、学徒動員で仙台の軍需工場で働いていたとき、楽器店に飾られていたバイオリンに魅せられ、音楽好きになったという。

独学でバイオリンやチェロの腕を磨き、市民オーケストラに参加。「子どもたちに音楽の楽しさを伝えたい」と、ピアノ教室も始めた。

店舗は、北上川の河口から約五百メートル、川岸から五十メートルのところにある。

二〇一一年三月一一日、サルコヤにも一メートル七十センチの高さまで津波が押し寄せた。水が引いたあとで撮った写真を見せてもらうと、店の中も外も瓦礫の山。道路に横倒しになったピアノの上に車が乗り上げている。ピアノ三十台のほか、エレクトーン、管楽器、弦楽器、オモチャ、備品……被害総額は五千万円を超えた。

家族や従業員は全員無事だったが、サルコヤの象徴でもあった一つの命が失われた。三十六年間、石巻の子どもたちに愛されてきたサルの太郎。

「日本モンキーセンターに問い合わせたら、ニホンザルの寿命は長くて三十年ぐらい。三十六歳の太郎はギネスものだと思い、ちょうどギネスブックに申請して返事を待っていたところでした。

人間で言えば百歳以上だから、歩くのもヨタヨタ。乳児用の粉ミルクをお湯で溶かして飲ませ、寒くなるとコタツを二十四時間つけっぱなしにしていました。この冬もなんとか生き延びてくれた……と思っていたら、津波でやられてしまった。檻は二メートルあったので、若ければ柵の上にしがみついて助かったと思うけど」

泥に負けて終わる人生はイヤだ

被害の大きさに、井上さんは当初、店をたたむことを考えた。少子化とコンピュータゲームの影響でオモチャ離れが進み、震災の四、五年前から、「いつやめようかという状態」だったという。でも、気がつけば心に火がついていた。

「被災して半月後ぐらいから、ボランティアの方が毎日五、六人来てね。水も出ない中、瓦礫を撤去し、泥をかき出してきれいにしてくれたんです。

ピアノ教室の生徒さんの存在も大きかった。震災前、市内十カ所で教室をやっていて、約二百人の生徒がいました。四カ所は全壊してしまったんですが、余震に脅えつつ命がけで片づけている状態だというのに、『いつから教室始まりますか』と問い合わせがくる。その声にあと押しされて、店を再建しなきゃいけないなあと思うようになりました」

つらいときこそ、ただ生き延びるためのものだけではなく、心の栄養が必要なんだ。井上さんは、戦争中の体験から、そのことを身にしみて知っていた。

「それに、津波で何もかもいっぺんにやられ、いい加減頭にきていた（笑）。店を閉めたほうがらくだけど、『泥に負けて終わる人生はイヤだ。ここで終わってたまるか』という気持ちも強かったですね」

八十一歳にして新たな借金を背負い、震災から二カ月でピアノ教室を再開。さらに、店の主軸商品をオモチャから楽器に替えて、八月にはサルコヤをリニューアルオープンさせた。

すると、家や家族を失い仮設住宅で暮らしているおじいちゃん、おばあちゃんがハーモニカを買いに来るようになった。ハーモニカなら隣近所の迷惑にならないし、誰でも吹ける。今でも一日に一本ぐらいずつ売れていくという。

「みなさん、異口同音におっしゃる。『寂しくて寂しくてどうしようもない。何かないか。そうだハーモニカだと思った』と。音楽で心の空白を埋めているんです」

塩との闘いに勝つ

店を再開する前、まだ壊れたウィンドウにガラスも入らないうちから、井上さんは津波に流されず店に残っていたグランドピアノの修理を始めた。

「泥んこのピアノを見ていたら、かわいそうで、もったいなくて……」

高圧洗浄機で泥を落とし、膨張したところは削り、弦やハンマーフェルトを張り替えた。でも、一週間もすると弦が錆び、音が狂ってしまう。グランドピアノは一万点近い部品でできていて、そのほとんどが木だ。海水の塩分がしみ込んでしまっていたのである。

店に古くからいる調律師が「潮水に浸かったピアノは再生不可能」という情報を入手してき

て、「私はもうやりません」と宣言。辞めてしまった。

親しくしてきた社外の調律師にも、「時間の無駄だ。捨てたほうがいい」と忠告された。普通なら、ここであきらめる。でも井上さんは、「塩が問題なら、塩との闘いに勝てばいい」と考えた。濡らした脱脂綿で部品一つひとつを叩き、塩分を吸い出そうとしたこともあった。

試行錯誤を繰り返した末に辿り着いたのが、超音波で塩分を抜く方法。そのための特殊な機械をつくっているベンチャー企業を探し出し、ピアノを分解して神奈川県まで送った。

鍵盤や駒を一つずつ水槽に入れ超音波を当ててもらったところ、内側までしみ込んでいた塩が噴き出してきた。

被災したピアノの修復を続けている井上晃雄さんと、石巻の楽器店「サルコヤ」で。これが再生グランドピアノ第一号だ。

被災したピアノを生き返らせようとがんばっている老社長がいる――噂を聞きつけ、二〇一一年六月、歌手のクミコさんがサルコヤを来訪。震災発生時、コンサートのため石巻にいた彼女も、押し寄せる津波から必死で逃げた一人だった。その後、無力感に苛《さいな》まれ、歌えなくなっていたけれど、井上さんの奮闘を目の当たりにし、心揺さぶられる。思わず、「ピアノが直ったらチャリティコンサートを開く」と約束していたという。

それを機に、再生プロジェクトは加速。名古屋や京都の調律専門学校の生徒たち、秋田や東京から駆けつけてくれるプロの調律師など、協力者も増えていった。

あの大津波からちょうど半年が過ぎた九月十一日、「再生ピアノで唄う〝心の復興〟コンサート」が無事開催された。実は、その一週間前にクミコさんが店を訪れたとき、八十八ある鍵盤のうち五カ所がちゃんと動かなかったという。

しかし、心配する彼女に、井上さんは断言する。

「大丈夫。みんなで寝ずにやってでも間に合わせます」

震災後、避難所になっていた小学校の体育館で行われたコンサートは大成功。四百人を超える被災者が、クミコさんの歌と再生ピアノの調べに力づけられた。

東京でもクミコさんが中心になって、渋谷のBunkamuraで「再生ピアノできっと　ツ・ナ・

ガ・レ　コンサート」が行われた。僕も詩を書いてほしいと頼まれた。

二〇一二年四月二十五日、Bunkamuraオーチャードホールは超満員だった。当時、僕は足を骨折していて、クミコさんに車いすを押してもらって登壇。彼女が弾く復興ピアノの音色にのせて、詩の朗読をした。その後、この詩に長谷川義史さんが絵をつけてくれ、『ほうれんそうはないていています』という絵本になった。

コンサートには、西田敏行さんも出演し、『もしもピアノが弾けたなら』を歌って大喝采を浴びた。兄弟デュオ、レ・フレールの連弾もすごかった。

この日も、舞台袖にサルコヤのオヤジさんが来ていて、ピアノの調整をし続けた。復興ピアノは激しい連弾に耐え、見事な音を奏でた。

ピアノそのものが命をもっているように思えた。サルコヤのオヤジさんの魂が入り込んでいる命のピアノだ。

ロマンチックなだけじゃ食べていけない

これまでに井上さんは、グランドピアノ五台、アップライト二台を生き返らせてきた。クミコさんが買って「ピアコ」と名づけた再生第一号は、コンサートで使用されるときを除き、サルコヤに置かれている。

第五号のグランドピアノは、岩手県釜石市の唐丹《とうに》小学校にあったもの。震災から三年目の創立記念日、かつて校舎があった地に子どもたちが集い、再生したピアノの伴奏で校歌を歌う姿はNHKのニュースでも取り上げられた。

アップライトのうち一台は、震災の翌年に来店したシンディ・ローパーが壊れた状態で購入。「修理を終えたら、市民のために使ってほしい」という希望に沿って、二〇一六年九月に完成した新しい石巻市立病院に寄贈された。

再生されたピアノをよく見ると、脚など音色に影響のない部分に小さな傷がある。技術的には新品同様に直せるが、井上さんは「震災の悲惨さを忘れないでほしい」と、あえて残した。艶やかな黒い塗料に覆われた傷は、津波で壊れ生き返ったピアノだという証。困難に負けない気持ちの象徴でもある。

被災したピアノの修復には、膨大な手間と時間と費用がかかる。たとえ一台百万円で買ってもらえたとしても、割に合わない。

妻の礼子さんが笑いながら愚痴をこぼした。

「この人がなんでも引き受けちゃうから、やりくり算段がほんと大変で」

なんと井上さん、内戦で多くの楽器が失われたクロアチアに十二台、またモンゴルに九台、中古ピアノを寄贈したこともあるそう。

「ロマンチックなだけじゃ、人間食べていかれないっての（笑）。でもまあ、お互い助け合いながら、こうして人のためにがんばれるのは幸せだなと思っています」

サルコヤの倉庫には、まだ二十台ほど被災ピアノが保管されている。そのすべてを修復するのが、井上さんの目標だ。

「全部直すには百二十歳ぐらいまでかかる。長生きしなきゃいけませんね」

二〇一五年に左くるぶしの手術をしてから杖をつくようになった井上さんだが、それ以外はバリバリ元気。目標をもって生きることで、心も体も元気になるのだ。

東日本大震災から七年の歳月が流れた。「負けない」「あきらめない」老社長の生き方と再生ピアノの音色に感銘を受け、いろんな人がサルコヤにやって来る。震災前、二百人だったピアノ教室の生徒も三百人に増えた。

新たにつながり深まっていく人との絆が、井上さんをさらに元気にしている。

サルコヤのオヤジさんが再生させたピアノは、未来への遺産だ。

あの大津波を体験した人がすべていなくなっても、小さな傷のあるピアノは大切に受け継がれ、伝え続けてくれるだろう。震災で負った人々の苦悩や悲しみの深さを。それでもなお負けずに前を向いて歩き続ける強さが、人間にはあるということを。

再び立ち上がる勇気の紡ぎ方

まだ、こんな状況なのか……。

二〇一六年九月中旬、熊本県の益城町《ましきまち》を訪れた僕は、膝の力が抜けて何度もその場にしゃがみこみそうになった。震度7という巨大な揺れに、観測史上初めて二度立て続けに襲われた町のダメージは、とてつもなく大きい。五カ月が過ぎても、厳しい現実が横たわっていた。

路地によっては両側の家が全部崩壊している。なんとか建っているものの、立ち入りは危険と判定された赤いステッカーを貼られた家屋も多い。道ばたには瓦礫が山積み。町のゴミ置き場がいっぱいで、処分できないのだ。

火の国の女ですけん

益城町総合運動公園の体育館に行くと、まだ二百十数名の人が避難生活を送っていた。ピーク時には、ここだけで千五百名を超えた。

町最大の指定避難所であるこの体育館も、アリーナの天井板が一千枚以上落ちた。五月半ば

2016年9月、熊本県益城町で。大地震から5カ月が過ぎても瓦礫の撤去が進まず、時間が止まったよう。つらい光景だ。

に改修工事を終えるまで、避難者はロビーやホール、廊下で寝ていた。

改修にあたり、万一また天井が落ちても大丈夫なよう金網を張り、その下に布の幕も設置した。ドレープが優雅な天井幕は、殺伐とした避難所の雰囲気と照明のまぶしさをやわらげ、空調を行き届かせる効果もある。百五十人のボランティアが二日がかりで縫ったものだ。

広いアリーナには、プライバシーを守るため、紙管《しかん》とカーテンを利用した間仕切りが設置されていた。これも、建築科の学生などがつくってくれたという。

避難者同士も、お年寄りに水を持ってきてあげたり、暗い顔の人に声をかけたり……。お互いを思いやり、支え合う光景がそこにはあった。倒壊した家や瓦礫の片づけさえ進まず、絶望に支配されても当然と思える町で、当たり前のように他人の世話を焼く人たちがたくさんいたのだ。

中でも驚かされたのが七十三歳のKさん。脳卒中の後遺症がある夫の世話をしながら、饅頭屋さんに働きに行き、その収入で野菜や豆腐を買って周囲に配っている。配給のお弁当だけだと、ビタミンやたんぱく質が不足するからだという。

元気の秘訣を聞くと、まぶしい笑顔で答えた。

「火の国の女ですけん」

絶望の中で出現する「災害ユートピア」

『ニューヨーク・タイムズ』が二〇〇九年度の注目すべき本に選んだレベッカ・ソルニットの『災害ユートピア――なぜそのとき特別な共同体が立ち上がるのか』によると、大災害のあと、被災地では多くの人が利他的に行動し始めるという。見知らぬ人にも喜んで救いの手を差し伸べ、協力して困難に立ち向かう――そんな理想郷のような共同体が、ひととき出現するというのだ。一九〇六年のサンフランシスコ大地震、一九四〇年のロンドン大空襲、二〇〇一年のアメリカ同時多発テロなどを例に挙げながら、著者は人間の心と行動を分析していく。

一般に、大惨事に直面すると人は利己的になると思われている。映画や小説も、秩序が失われて暴動や略奪が起こる様を繰り返し描いてきた。しかし、それは真実ではない。むしろ、その思い込みこそが被害を拡大させるという。

二〇〇五年八月、巨大ハリケーンによる大洪水に襲われたニューオーリンズがそうだった。

アフリカ系の貧しい住民が多く、もともと人種差別の激しい地域。少数のエリートがパニックを起こし、噂が飛び交った。町は無法状態と化し、レイプや殺人も横行している……。デマだったが、警察署長やジャーナリストまで検証もせず信じ込み、被災者に「危険な存在」というレッテルを貼った。救助にあたるべき警官や州兵は銃で市民を威嚇し、町を封鎖。水も食べ物もないまま汚水の中に残されて命絶えた人、白人の自警団に銃殺された人も相当数に上った。

一歩間違えれば、そんなことが起きてしまうのだ。

日本では、阪神・淡路大震災でも東日本大震災でも、災害ユートピアの典型といえる助け合いが行われ、世界を驚かせた。東北に医療支援に行ったとき、取材に来た記者からバナナを一本もらった少年が、自分で食べず避難所の食料置き場に届けたなんて話も聞いた。

曇り空を輝かせるゴールデンタイム

災害ユートピアが出現するゴールデンタイムというのがある。危機的な状況に否応なく引きずり込まれ、みんなが同じように大切なものを失い、今まであった格差が消える。そんなとき、人は誰かのために何かしようと自ら動き出すのだ。

しかし復興が進むにつれ、また格差が生じ、ゴールデンタイムは終わる。避難所から仮設住宅に移る人、仮設の抽選に漏れた人、新しい家を建てる人、建てられない人……。夢のような共同体は分断され、ユートピアが消えていく。

益城町でも被災者の分断が起きていた。震災直後は十八カ所あった避難所も、もう総合体育館だけ。ここも二〇一六年十月末に閉鎖される。でも、まだ行き先の決まらない人が六十数名いるという。その一人、七十八歳のUさんが暗い顔でつぶやいた。

「役場は紙切れ一枚で、避難所を閉じると知らせてきた。お先真っ暗だ。夢も希望もない」

町役場に確認したら、担当者が避難所に行ってきちんと説明したという。Uさんは、そのとき不在だったんだろう。情報不足や勘違い、誤った情報の伝達によって不信感は広がる。今の日本では暴動が起きることはないけれど、不信感が不満や愚痴や批判になっていく。

熊本地震後、認知症の相談が増えた

避難所で話を聞いたあと、仮設住宅に向かった。三十五戸からなる赤井仮設団地。入居者の多くが、農業で生計を立てている。

自治会長の笠井浩之さんは、地震で家も作業場も全壊。でも、くじけずに田植えをした。間もなく、六月の大雨で堤防が決壊し、田んぼは冠水。流れ込んだタニシに稲を食べられてしまったが、また植え直したという。すごい。

「九月頭の台風も、なんとか乗り越えた。このまま大きな台風が来ないでくれれば収穫できる。泥が入ってしまった田んぼは機械を入れられない。手で刈らねばならんから大変だけど、稲が実れば一家が食べていける。今年の収入があるかどうかで、みんなの気分が変わると思います」

そう聞いてから僕も、天気予報の台風情報を祈るような気持ちで見ている。

赤井団地の最高齢だという九十六歳のおじいちゃんに会いたいと、笠井さんに案内してもらった。あいにく、おじいちゃんは病院に行っていて留守。でも、八十六歳のおばあちゃんが応対してくれた。

地震が起きるまで、おじいちゃんはとても元気で、メロンや大根を育てていたという。ところが、避難所で暮らすうち認知症を発症。同じ建物が並ぶ仮設団地では、外に出るたび迷子になってしまう。

熊本県の認知症コールセンターには、二〇一六年四月から九月二十八日までに、地震絡みの相談が九十七件寄せられたという。そのうち七十四件は「地震後、認知症が悪化した」というものだった。

生活スタイルが変わると、それまでギリギリのところで踏みとどまっていた人が発症したり、症状が進んだりする恐れがある。

避難所や仮設住宅での暮らしは、ストレスフルだ。子どものもとに引き取られたり、新しい家を建てて引っ越したことがきっかけになって認知症になるケースも少なくない。

大変なときこそ「日常性」を取り戻せ

心は弱い。地域とつながっていること、人間と人間とのあたたかなつながりがあることが、とても大事なんだろう。どうすれば、その弱い心を守っていくことができるのか……。

認知症や精神疾患の地域医療を行っている益城病院を訪ねた。理事長で精神科医の犬飼邦明さんは、被災したすべての人に心がけてほしいことがあると言う。

「震災以降、すごいストレスの中で必死にがんばってきて、みんな疲れ果てている。なのに、以前は当たり前にやっていた遊びや休養などを、今はやっちゃいけないと思い込んでいるんです。こんなときこそ、日常性を回復することが大事。まず〝休養を楽しめる自分〟を取り戻さないと」

半日休んで家族と日帰り温泉に行ったり、映画を観てファミリーレストランで好きなものを食べながら感想を述べ合ったり、カラオケで思いっきり歌ってみたり……。日常のリズムを取り戻すことから、心は元気になっていくという。

大事なのは、がんばり続ける競争をすることじゃない。復興には長い時間がかかるからこそ、ときどきがんばらない時間をもつことが大切なんだ。

美しかあ

仮設団地の日陰で一人のおじいちゃんが休んでいた。八十一歳のSさん。「今も現役?」と聞くと、

「もちろん。ちょっと前まではオトコのほうも現役だった(笑)」

「そんなこと聞いとらん」

僕が混ぜっ返し、二人で大笑い。

ニンゲンくさいと思った。このじいちゃん、ニンゲンらしいニンゲン。気に入った。

朝から田んぼの草刈りをし、ついでに仮設住宅の入り口の雑草も刈ってきたという。

偉いなあ。

「偉くもなんもなか。誰かがやらにゃならんこと。ほかにやれる者がおらんけん、俺がやっとるだけばい」

肩に力が入っていない。ステキなじいちゃんだ。

「じいちゃんのとこの稲はどうだ?」

「美しかあ」

こんなきれいな言葉、久しぶりに聞いた。自分だったら、絶望の中でこれほど美しい言葉を使えるだろうか。マイリマシタ。

精魂込めた美しい田んぼでつくった、うまい米が何よりの自慢。毎年買ってくれる人がたくさんいて、農協を通さなくても売り切れるという。

家は地震で潰れた。それから一カ月、車の中で寝た……そんな苦労話も笑いながらする。明るい。

クヨクヨしたっちゃ、しょうがないけん

半年後、またこのじいちゃんを訪ねた。

「おっ、来たか」

「来たぞ」

お互い、気に入った者同士。まるで親友みたい。抱き合った。

驚いた。本当に家を建てている。

「クヨクヨしたっちゃ、しょうがないけんね」

「八十一歳で、よく決断できたね」

「壊れたものがあったら、直せる人間はつくり直さにゃいかん。俺が死んだら、血筋の誰かが住めばいい話だ」

人生って難しく考えなくていいんだ、と教わった。雲と雲の間には、必ず陽が差し込む隙間があるんだ。

犬飼ドクターが言う「日常性の回復」を、Sさんは見事に成し遂げていた。

震災前にやっていたことをやり続け、壊れたものはつくり直す。頼まれたわけでもないのに、仮設住宅まわりの草刈りまでする。

避難所でお豆腐を配っていたKさんもそうだったけれど、自分のことだけでいっぱいいっぱいな状況にあって、人のため、集落のために自分にできる何かを見つけている。

だから、強いんだ。

約五百戸の仮設住宅が並ぶテクノ団地にも行ってみた。「益城プリン　岡本商店」という幟《のぼり》が立つ仮設店舗に、子どもたちが次々入っていく。

四十代の夫婦が営む店は、もともと酒屋さんだったという。地震で店が壊れ、今の場所ではお酒を売れないため、自家製プリンが主力商品。子どもに人気の駄菓子も置くことにした。

「駄菓子は利益が薄く、商売にならないのはわかっています。

でも、子どもたちの心も地震で傷ついている。ここは、遊ぶ場所さえない仮設団地の子どもたちが、ちょっとうれしくなれる場所。店の経営は苦しいけど、子どもの笑顔を見ていると、つらさがやわらいでいくんです」

災害ユートピアが自然発生するゴールデンタイムは終わった。しかし、被災者の間に格差が出始めた今も、助け合いの共同体がギリギリの土俵際で踏ん張っている。余震に台風、阿蘇山の噴火……心を打ち砕く災害が続く中、他者に手を差し伸べることで、どん底から再び立ち上がる勇気を奮い立たせている人がたくさんいる。

熊本の復興には、まだまだ時間がかかるだろう。でも、みんなの勇気と踏ん張りが、いつかこの地を本物のユートピアに変えていく。

そう願ってやまない。

北の大地で育つ、あったかな資本主義

夢は「金貸し」。ドストエフスキーの『罪と罰』のアリョーナだ。

もちろん、アリョーナのように殺されるのはイヤだが、お金は大事。お金にいい回転をさせれば、世の中をもっと面白くできるはず。

怒らないカマタがイカッタ

なぜ、こんなことを考えるようになったのか。きっかけは、「託児所完備」を売りにした風俗店があると聞いたことだった。子どもをあずかってくれるところがなく困ったシングルマザーが働いているという。

なんだか無性に腹が立った。風俗店に怒りを向けているのではない。そんなヤボではないつもり。

僕は二歳になる前に、実の親に捨てられた。だからこんな話を聞くと、子どもを手放さず一人で必死に育てているお母さんたちをリスペクトしたくなる。でも、まっとうな社会なら、違う道もあることを提示しなければならない。

たとえば、空き家を利用してシングルマザー向けのシェアハウスをつくったらどうだろう。一人で部屋を借りるより安いし、子どもが病気になったときなど互いに助け合える。日本には今、八百万戸もの空き家があるのだから有効活用しない手はない。こんなシェアハウスができたら、明日からでも子どもを連れて新しい生活をスタートさせられる。

シングルマザーが働ける「認知症大歓迎カフェ」

さらに、別の空き家を改装してカフェを開くのもいい。そこでシングルマザーを優先的に雇い、愛知方式のモーニングサービスをする。愛知県では、朝、喫茶店で飲み物を頼むと、コーヒー一杯の料金でモリモリの朝ご飯を食べられるのだ。トースト、ゆで卵、サラダ……うどんや海苔巻きがついてくる店もある。

そういうカフェが近所にあれば、若者も、一人暮らしのお年寄りや中年男性も安心だ。

朝ご飯をきちっと食べると、血糖値が急上昇する「血糖値スパイク」の危険が減り、動脈硬化になりにくい。実際、愛知県では、糖尿病や脳卒中による死亡率が低いというデータが出ている。

十時を回ったら、ここは「認知症大歓迎カフェ」になる。認知症でも、集まっていろんなことをしていると脳が刺激され、病気の進行を食い止められる。

カフェのお客の中には、料理が得意だったおばあちゃん、おじいちゃんもいるだろう。そういう人たちに手伝ってもらい、夕方からはカフェを「子ども食堂」にしよう。貧困家庭の子はもちろん、両親が共働きの子など、どんな子どもも一人で入れて、栄養バランスのとれた夕食を格安で食べられる場にする。誰が貧しく誰がお金持ちかなんてわからない。ごちゃ混ぜがいいんだ。

何もできないと思われていたおばあちゃんも、ここでは「存在している意味」が見えてくる。「あの子は私の煮物を待っている」と思える。いつも助けられる側だった弱い子が、お年寄りに手を貸してあげる強い子になっていく。これが大事なんだ。手を貸し合ったり、知恵を貸し合ったり、時にはお金を貸し合ったり……。それが生きるってことなんだ。

この三年ほど、僕は講演でこんな構想を話してきた。

自治体やNPOが運営する認知症カフェはたくさんあるが、認知症の人は単なるお客さん。ところが最近、埼玉県の三芳町で、子ども食堂を兼ねた認知症カフェを始めた。カフェに来た認知症のおばあちゃんが、そのまま残って、子どもたちのために煮物をつくったりしていると聞いた。

すごい、うれしくなる。

カマタの妄想

僕の夢は、さらに広がっていく。

居酒屋がないような地域なら、夜は認知症カフェでお酒も出す。

お嫁さんのいない男性がひょっこりお酒を飲みに来て、店で働くシングルマザーと結婚することになったりしたら面白い。

「怒り」から始まった夢想なのに、気がつけば妄想が走り出している。でも、妄想を実現しようとするぐらいの熱い気持ちが、社会を変えていくんじゃないだろうか。

僕はいつも、妄想や幻想を実現していきたいと思っている。

もう一軒空き家があれば、小規模多機能型介護サービスの拠点をつくる。自宅で暮らす要介護者が、訪問介護を受けたり、デイサービスに通ったり、時にはお泊まりしたりできる施設だ。

空き家を小規模保育所にするのもいいだろう。子どもを保育所にあずけたお母さんたちが、福祉施設で働きながら勉強し、介護のライセンスを取れたらステキだ。

僕よりもっと面白い夢をもち、実行力もある若者はたくさんいるはず。その背中を押してあげたい。そういう若者が目の前に現れたら、担保なんてなくても五百万円まで投資してあげられるようになりたい。バングラデシュの貧しい人々に無担保で少額融資する銀行を創設し、ノーベル平和賞を受賞したムハマド・ユヌスのように。

さらに、彼らの事業が成功するよう、僕も人材集めをしたり講演に行ったりして協力していく。成功したら、もちろん利子を払ってもらう。そのお金を、次なる若者の夢を実現するために使うのだ。

日本に合ったカマタ流マイクロクレジットを、いつか必ず実現させようと準備している。絶対に、単なる夢では終わらせないつもりだ。

十勝平野に「ニッポンを幸せにする会社」があった

効率や目先の利益ばかりを追求するドライな資本主義に、あったかな血を通わせよう。人間を大事にしながらお金を回転させれば、ずっと曇り空が続いている日本も元気になる――と、十年ほど前から僕は言い続けてきた。

だから、二〇一二年に『あってよかった！ 応援したい ニッポンを幸せにする会社』という本を出した。社会に貢献しながら利益を上げている会社を紹介することで、あったかな資本主義を広めたいと思ったのだ。

その本で、鎌倉投信の社長、鎌田恭幸《やすゆき》さんと対談した。

鎌倉投信は、「結《ゆ》い２１０１」という投資信託を運用・販売している。二〇一〇年に基準価格（投資信託一口当たりの時価）一万円でスタートし、今、一万六千円台（二〇一七年四月現在）。年平均一〇％ぐらいの利回りだというから、立派な成果だろう。

何より素晴らしいのは、「百年先を見据えて子や孫のために残っていてほしい会社、これからの社会に本当に必要とされる会社、ファンとして応援したくなるいい会社」を全国から探し出して投資していること。

たとえば、投資先の一つ「エフピコ」は、食品トレイなどの製造・販売会社。原料のリサイクルを徹底しているうえ、障がい者の雇用率も約一五％と上場企業では圧倒的に高い。

北海道十勝地区の町村長会に招かれ講演に行ったときのこと。懇親会で隣に座った芽室《めむろ》町の宮西義憲《よしのり》町長の口から、思いがけずエフピコの名が飛び出した。

十勝平野の真ん中に位置する芽室町は、人口二万人足らず。でも、知的障がいや発達障がいの人たちもいきいき働ける場がある。その会社、「九神《きゅうじん》ファームめむろ」の設立にエフピコが関わっていたという。

障がい者は「人材」だ

宮西町長は、教育長だった頃、障がいのある子を育てる親たちが、「私が死んだら、この子

2017年2月、北海道・十勝平野にある「九神ファームめむろ」の農産物加工工場を訪ねた。「障がいがあっても働ける場をつくりたかった」と語る芽室町の宮西義憲町長と。

はどうなるのか」と悩む姿を見てきた。だから町長になると、障がいがあっても自立可能な収入を得られる場をつくるため、出資してくれる企業を探し始めた。

でも、なかなか見つからない。そこでアドバイスを求めたのが、エフピコの子会社だったという。

アドバイスを受け、事業内容を町の基幹産業である農業に絞ってプレゼンテーションを行った。すると、エフピコの取引先で、手づくり惣菜専門店を全国展開している「クック・チャム」など三社が出資ＯＫ。二〇一三年、野菜の生産と加工を手がける九神ファームが誕生した。

障がい者の就労支援施設は多々あるが、一カ月二万円以下のところが多い。雇用契約を結んで働くタイプの事業所でも、平均月給は七万七百二十円だ。

九神ファームの給料を聞いて驚いた。働き始めて間もない人で十一万五千円だという。

もちろん、町が税金で援助しているわけではない。ここでつくった野菜や加工食品は、すべてクック・チャムが買い取る契約。ビジネスとして十分成り立つのだ。クック・チャム側も、十勝ブランドのおいしい農産物を使うことで付加価値がアップ。ますます惣菜が売れるようになった。

宮西町長は言う。

「行政だけで働く場を提供しようとすると、事業として成り立たない。給与も低くなってしまいます。企業の力と、障がい者自身の人材としてのパワーを活用し、利益を生み出していくことが大事。そうすれば、いい回転が始まる」

まさに僕が考えている、あったかな資本主義だ。

障がいがあっても「税金を払う人」になりたい

宮西町長の話に、好奇心がウズウズ。二〇一七年二月、凍《しば》れる寒さの中、九神ファームめむろを見学させてもらった。

二十九人の従業員のうち二十四人が障がい者。加工工場で楽しそうにジャガイモの皮をむき、芽を取り除き、カットしていた。健常者も追いつかないようなスピードだ。集中力がものすごい。

「初任給で、お母さんに初めてプレゼントをあげた」

そう語るKさんの顔は誇らしげだった。話している間も包丁を持つ手を休めない。

発達障がいで六年間引きこもりだったというSくんの言葉もカッコよかった。

「働き始めて自由な時間は減ったけど、自由に決められることが増えた」

芽室町で障がい者が働く場は、さらに増えていく。農業と食品加工での成功を土台に、「ばぁばのお昼ごはん」というレストランをオープンしたのだ。

そこで接客を担当していたのが、知的障がいのある粟野友美さん、当時、二十九歳。九神ファームの工場での仕事ぶりを評価され、半年前に引き抜かれたという。

お店に出ているとき何を心がけているのか聞くと、きっぱりと答えた。

「笑顔で挨拶すること。ほかのスタッフのフォローもできる範囲でやろうと思っています」

厨房で料理をつくっているスタッフも発達障がいや知的障がいがある。仲間に仕事を教えながら走り回って接客をする知美さんの笑顔がまぶしい。小さな子を連れた若いお母さんが店に入ってくると、さっと幼児用の椅子を運び、かわいいお皿とフォークをセット。見事なもんだ。

彼女は、もう障がい者雇用ではなく一般就労。九神ファームに四年間勤めた二十七歳のMさんも、四月から町役場で働くという。

どうやら九神ファームは、障がいのある人が職業訓練を積んでステップアップするジャンピングボードにもなっているようだ。一般就労になれば、残業代を入れると月収十六万円を超える。〝税金で生きる人〟から〝税金を払う人〟に変わっていく。

「今だけ、ここだけ、自分だけ」に決別しよう

ある日、体調を崩した青年が、「僕が休むと会社が潰れちゃう」と泣きながら電話をかけてきたという。それだけ自分の仕事に責任をもっているのだ。クスッと笑えてジワ～ッと涙が出てくる素敵なエピソードだ。

泣いたり笑ったりもがいたりしながら、寒い日も暑い日も目の前の仕事に打ち込むことで、できなかったことができるようになる。「自分が死んだら、この子は……」と親に心配されていた彼らが、一歩一歩〝働く人〟へと成長していく。

どんなにつらいことがあっても、働く場と愛する人がいれば生き抜ける。そう僕は言い続けてきた。

働くって大事。雇用を確保するのが、あったかな資本主義の根幹だ。

「今だけ、ここだけ、自分だけ」よければいいという貪欲な資本主義の暴走は、もうたくさん。

北の大地で出会ったあったかな資本主義が、もっともっと広がっていくといいなあ。

聴診器でテロと闘う

イラクには悲しみが溢れている。怒りと憎しみが渦巻いている。

地平線に太陽が沈んだまま昇らない「極夜」のような真っ暗闇の中で、すべてを失った若い女性たちが再び立ち上がった。

絶望に沈む一人の女性

二〇一五年、イラク北部にあるアルビルの難民キャンプに診察に行ったときのこと。キャンプの代表を務める男たちが、悲惨な状況を説明しながら案内してくれた。その後ろを、一人の少女がついてくる。

「病人が発生したらどうするんですか」

そう質問すると、彼女が答えた。

「ここには診療所がないので、急性期の患者が発生すれば、診療施設があるほかの難民キャンプへ連れて行かなければなりません。ストレスのために、以前は健康だった人が病気になるケースも多い。薬も不足しています」

実に的確な答えだ。

小柄なので少女のように見えたが、二十二歳。サマーフという名前だった。

「私はヤジディ教徒。モスル大学医学部の五年生でした。ＩＳのテロリストたちがモスルに侵攻してきたので、すべてを置いて歩いて逃げてきたんです」

ヤジディ教はクルド人の一部で信じられている民族宗教。その信徒やキリスト教徒は、「イスラム国」と名乗る過激派組織ＩＳから、ひどい迫害を受けている。

「何もかも失ってしまいました。もう希望もありません」

サマーフの茶色い瞳は、深い悲しみに覆われていた。それでも、「もう少し話を聞きたい」と頼むと快く家に招いてくれた。

家といっても、家族六人で暮らしているのは、建築中のビルの一室だった。コンクリートがむき出しで、風が吹き込んでくる。電気は通っているが、しょっちゅう停電し、真っ暗になる。

僕は、命を守る仲間がほしい

ロウソクの灯《あか》りのもと、お母さんの飾らない手料理をご馳走になった。イスラムの人たちはホスピタリティが豊かだ。暮らしに余裕がなくてもゲストを精いっぱいもてなそうとする。

食事を共にしながら、僕はサマーフに話しかけた。

「僕は『聴診器でテロと闘う』って言いながら、ＩＳが暴れているイラクに通い続けているんだ。暴力は嫌い。暴力に暴力で対抗しても平和はやってこないと思うから。聴診器だけでテロと闘えると、僕は信じている。

でも、それには仲間が必要だ。君は医者になることをあきらめてはいけない」

サマーフが悲しげに首を振った。

「モスルはＩＳに占領されています。私たちヤジディ教徒は街に入ることができません。見つかれば殺されるか性奴隷にされてしまう。ほかの大学に編入しようにも、私の家にはもうお金がありません。授業料を払うことも、アパートメントを借りることも、食べ物を買うことすらできないんです」

「日本に帰ったら募金を始める。必ず君を大学に行かせる。だから勉強しろ」

サマーフと僕のやりとりを聞いて、お母さんが泣き出した。

「命からがらモスルを逃げ出して以来、ずっと絶望の中にいました。本当に夢のような話です」

サマーフは勉強を始めた。そして、スレイマニアにある大学の編入試験に合格。二〇一六年六月、医師になった。これから研修をし、難民の子どもたちを助けるために働きたいという。

湾岸戦争やイラク戦争で使われた劣化ウラン弾によって被曝し、がんや白血病に苦しんでいる子どもたちを助けたい――そう思って、僕は二〇〇四年、日本イラク医療支援ネットワーク（ＪＩＭ―ＮＥＴ）というＮＰＯを立ち上げた。ＩＳが暴れ、国が崩壊しかかっても、ずっとイラクに通い続けてきた。

そんな中で、力強い仲間が一人増えた。うれしい。

性奴隷にされる少女たち

二〇一六年一月、イラク北西部のシンジャールを訪れた。この街は、二〇一四年八月から一年余り、ＩＳに占領されていた。その間に、ヤジディ教徒をはじめ逃げ遅れた住民五千人が殺されたといわれている。ＩＳの敗走後、多数の遺体が埋められた集団墓地が次々に見つかった。

ＩＳに拉致された人も五千人以上。監視の目をかいくぐり約二千人が逃げ帰ってきたが、今も三千人を超える人々がさらわれたままだという。多くは少女や若い女性だ。

女の子たちは奴隷市場で売買される。ＩＳの戦闘員と結婚した形にするが、しばらくするとまた違う男に売られていく。

男の子は無理やりイスラム教徒に改宗させられ、幼いうちから戦闘員に仕立てられていく。

クルド自治政府のペシュメルガという勇猛で知られる治安部隊が、激しい市街戦の末、二〇一五年にシンジャールからISを撃退した。僕たちは、その戦いのあと初めて入る外国のNPOだった。クルド自治政府からの依頼で、ミルクやマットレス、おむつなどの必需品をトラック一杯に詰め、支援に行ったのである。

今や難民問題は世界の火種になっている。国連によれば、内戦などで住む家を追われた人の数は約六千五百六十万人。イラクやシリアから多くの難民がヨーロッパへ向かえば、ヨーロッパ経済の足を引っ張る。それは世界経済の崩壊へとつながっていく。治安も当然悪化する。

中東の人たちも、本当は中東にいたいのだ。自分の故郷で暮らせるようにすること、働く場をつくっていくことが大事。そう考えて、僕たちは支援を続けてきた。

JIM−NETの活動費は、年間二億円ほど。集めるのは、とても大変だ。でも、日本じゅうのみなさんの募金や寄付に支えられ、なんとかがんばっている。

難民キャンプで死んだ十四歳。夢は「勉強したい」

シンジャールから逃げてきたナブラスという女の子も、僕たちが支援を続けていた一人だ。ヤジディ教徒で、ユーイング肉腫という悪性腫瘍を患っていた。

二〇一四年四月、彼女が住む難民キャンプを訪れたときは元気だった。たくさんの食べ物を持っていき、みんなでお祭りみたいにしてご飯を食べた。二〇一六年一月、また顔を見に行くと、腫瘍が全身に広がり、起き上がれなくなっていた。ナブラスの手を握り、僕は励ました。

「もう一回元気になろう。元気になったら何がしたい？」

「シンジャールに戻りたい」

「そうか。僕は昨日、シンジャールへ救援に行ってきた。もうＩＳはいない。もうすぐ故郷に帰れる。故郷で何がしたい？」

骸骨みたいに痩せこけたナブラスが、ニコッと笑って言った。

「シンジャールに帰ったら、また学校に行きたい。勉強がしたい」

それから二週間後、悲しい知らせが届いた。ナブラスが亡くなったという。まだ十四歳。助けてあげたかった。願いを叶えてあげたかった。

憎しみの連鎖から、やさしさの連鎖へ

バグダッドの高校に通っている少女、アヤは、曇天の中で輝きを増してきた。

アヤが骨肉腫だとわかったのは、五歳のとき。戦争で混乱状態にあったイラクでは治療が受けられず、隣国ヨルダンのがんセンターに行った。骨肉腫は想像以上に進行していた。大腿部のつけ根から右足を切断するしか助かる道はなかった。

骨肉腫のため右足を切断したアヤ（17歳）を5歳のときからずっと支援している。義足を隠さないのは、彼女の心意気だ。2016年2月、イラクのアルビルで。

「人生が真っ暗になりました。でも、足をもらって希望が生まれたんです」

彼女は「義足」ではなく「足をもらった」と話す。アヤ流の表現だ。

成長期の子どもの場合、体の成長に合わせて義足を替えていく必要がある。だからＪＩＭ−ＮＥＴでは、骨肉腫の治療とともに義足の交換も支援してきた。

義足をつけ始めた頃のアヤは、よく転んでいた。でも懸命に歩行練習をした。歩くのが大好きで、義足を「私の希望」と言う。歩く自由を叶えてくれるからだ。

アヤは絵も大好き。片足のない女の子の絵をよく描いていた。自画像だ。あるとき、絵の少女に両足があった。僕が「友達？」と尋ねたら、こう答えた。

「ううん、これも私。この足は日本の友達からもらったの」

まぶしいほどの笑顔だった。

僕たちのＮＰＯでは毎年、チョコ募金をお願いしている。北海道の菓子メーカー「六花亭」に協力してもらい、イラクの子どもたちが描いた絵をパッケージにしたバレンタインチョコを販売。その売り上げで、イラクだけでなく福島の支援も行っている。

七年ほど前、僕はアヤに手紙を書いた。

〈アヤの絵は、日本ではとても有名です。きみの描いた絵がチョコレートを入れた紙にプリントされています。十六万人近い人が、イラクの子どもたちを救うために買ってくれます。憎しみや恨みの連鎖を断って、やさしさの連鎖を起こせる人になってください。病気にも戦争にも負けず、生きぬいてください。そして、平和な世界を一緒につくりあげましょう〉

病気や戦争の傷と闘っている子どもたちすべてに向けた僕の思いを、アヤへの手紙に込めた。すると、イラクから熱い返事が届いた。

〈私は病気に負けません。戦争に負けません。貧しさにも負けません〉

足を失くしても、私は自由だ

二〇一六年二月、アルビルでＪＩＭ－ＮＥＴ会議を開いた。いつもはイラクにある四つの小児病院の医師に集まってもらい、治療結果の報告を受けたり、今後どんな支援が必要かを議論したりする。

このとき初めて、病気の子どもたちの代表としてアヤに参加してもらった。十七歳になった彼女のスピーチは、見事だった。

「私は足を失くしたけれど、生きる自由までは失っていません。私の夢は、勉強して大学に入ること。勉強しながら、小児がんの子や障がいのある人たちを応援していきたい。私には病気や障がいをもつ子どもたちの気持ちがわかるから」

さらに、こうつけ加えた。

「ＪＩＭ―ＮＥＴのスタッフと出会い、私は命を救われました。平和のためにできることがあるならば、イラク国内でも外国でもどこへでも行って、私の役割をまっとうしたい」

大きな拍手が湧き起こった。

病気や障がいに負けず、憎しみの連鎖に巻き込まれず、自らの手で平和をつくり出そうとする少女の勇気が、ドクターたちの心を揺さぶった。治安が悪く、病院の給料も滞りがちなイラクでは、多くの医師が国外に逃げ出している。アヤのスピーチは彼らに、これからもイラクに残って聴診器でテロと闘う決意をさせたのだ。

アヤはいつも、右足のズボンの裾をたくし上げ、金属の棒がむき出しになった義足を堂々と見せている。

イスラム諸国では、ノーマライゼーションがあまり進んでいない。特に女性の障がい者は、ほとんど社会に出てこない。

「私は何を言われてもいい。この姿で外を歩くことが大事。そうすることで、障がいがあっても、どんどん社会に出て行こうという空気をつくっていきたい」

カッコいい生き方だ。


イラクは、出口の見えない混乱状態が続いている。そんな中で、僕たちが支援し続けてきた小さな命が、全身に溢れるほどの誇りを持ち、困難に立ち向かえる人間に成長しつつある。ものすごくうれしい。

国境を越え、民族の違いを越えて、思いは伝わる。チョコ募金で元気になったサマーフやアヤが、亡くなったナブラスの分まで勉強し、イラクの人々を支える力になっていく。

彼女たちの輝きに、僕たちもまた勇気づけられている。

これからも聴診器を武器に、命を守ることで平和を築いていきたい。

芥川賞作家、原発から十六キロ地点に本屋を開く

「日本一売れない本屋さんになるぞ」

メルトダウンを起こして廃炉作業が続く原発から、わずか十六キロ。かつて「警戒区域」だった町で書店を始めると聞いて、つい心配になり、僕は柳さんに声をかけた。

福島第一原子力発電所から半径二十キロ圏内が立入禁止となることが決まった二〇一一年四月二十一日、彼女は原発の正門前にいた。その後も、神奈川県鎌倉市の自宅から被災地へ通い詰め、やがて福島県南相馬市に移住。住民の一人となって「心の復興」に取り組み始める。

芥川賞作家、柳美里《ゆうみり》。彼女を突き動かしているものは何なのか。

住民が戻らない旧「警戒区域」に家を買った理由

二〇一五年十月、「海と山の結婚式～草花をまとって自然を祝福しよう～」というイベントが、南相馬市の海岸で行われた。会津から運んできた野の花を、子どもたちが自由に選んで身にま

とう。舞踏家によるパフォーマンスのあと、津波で亡くなった方たちに祈りを捧げた。

この素敵なキャッチフレーズを考えたのが、柳美里さん。僕も震災後、支援のため南相馬に通っていた縁で招待された。

当時、柳さんは福島第一原発から二十五キロほど、南相馬市原町区にある築六十年の借家で暮らしていた。一人息子の高校入学を機に、その春、十四年暮らした鎌倉の家を売り払い、福島に移住したばかり。

それが二〇一七年七月、今度は原発のさらに近く、十六キロしか離れていない地域に引っ越したという。

いったいなぜ？　行動の動機が読めない。気になってしょうがなくなり、早速会いに行った。

柳さんの新居は南相馬市小高区《おだか》、ＪＲ常磐線小高駅のすぐそばにあった。原発事故で住人を失った家は、あちこちネズミにかじられ、給湯器も換気扇も壊れていたが、百五十坪の土地ごと二十年ローンで購入。しかも、ここで暮らすだけでなく、一階をリフォームし書店を開くという。

原発事故の前、小高区には一万三千人近い住民がいた。二〇一六年七月、避難指示が解除されたが、一年が過ぎても戻ってきたのは二千百人ほど。二割に満たない（二〇一八年二月現在は約二千五百人）。僕じゃなくても、「日本一売れない本屋さんになる」と思うだろう。

心配する僕に、彼女は言った。

「もう決めているんです、高校生に読んでほしい本を並べると」

高校生に人気のある本じゃないところが、カッコいい。

「たとえば、棚の一列は『鎌田實が選ぶ、もしも僕が十代に戻ったら絶対に読みたい二十冊』にします」

「僕が書いた本は置いてくれないの？」

そう混ぜっ返すと、

「もちろん鎌田さんのご著書も。ぜひサイン本を置かせてください（笑）」

2015年10月、南相馬市で行われた「海と山の結婚式」で。被災地の人たちが、柳美里さんと僕のことも草花で飾ってくれた。みんなで腹を抱え、大笑い。

友人の作家や写真家、映画監督などに依頼し、それぞれのお勧め本コーナーをつくりたいという。

どこにいようと、小説は書ける

それにしても、芥川賞作家がなぜ書店を開くのか。それも、元住民たちさえ帰還をためらう土地で⁉

「私、二十キロ圏外に避難している小高の高校生たちに、昨年末まで『表現』を教えていたんです。小高工業高校の仮設校舎で二年間、商業高校でも一年間、ボランティアの講師として。今年（二〇一七年）四月、その二校を統合した小高産業技術高校が小高駅から徒歩二十分ほどのところに開校しました。部活動をしている生徒の中には九時過ぎの最終電車で帰る子も多いのに、夜になると町は真っ暗。まだ数軒しかないお店も八時には閉まってしまう。

だから、せめてマッチぐらいの灯りになりたくて、駅のそばに本屋を開こうと思ったんです。電車を待つ間に立ち読みしたり、軽食やソフトクリームを食べたりできるブックカフェ」

せめてマッチの灯り、か。柳さんらしい表現だなと思った。そういう場所があれば、みんな大歓迎のはず。でも……。

湧いてきた疑問をストレートにぶつけてみた。

「作家として、集中して書けなくなるんじゃないか？」

「大丈夫。私は食堂の片隅だろうと図書館だろうと、どこでも書けるんです。店番をしながら小説を書きますよ。

普通は、本を読む人と書く人、売る場所は隔たっているけれど、ここでは目の前に書き手がいて次の作品を書いている。知り合いを呼んでトークイベントや朗読会も開くつもり。そんな本屋さんなら、面白がって来てくれる人もいるんじゃないかな」

マイナスのカードをプラスにひっくり返す

柳さんは一九六八年、四人きょうだいの長女として生まれた。両親は朝鮮戦争の最中、戦場となった村から日本に逃れてきた韓国人。ギャンブル好きの父は、しつけと称してたびたび彼女に暴力を振るった。両親の折り合いも悪かった。

「小学五年のとき、母が私と一番下の弟を連れて父のもとから夜逃げし、愛人と同棲を始めました。そのマンションは、窓から愛人の本宅が見える場所にあり、夜中に奥さんが子どもを連れて怒鳴り込んでくる。まさに針のむしろでした」

学校でも激しいいじめに遭っていた。中高一貫のお嬢様学校に入ると、いじめはエスカレート。絶望して自殺未遂や家出、喫煙を繰り返し、高校一年で無期停学処分になった。

高校中退後、たまたま観たミュージカル劇団「東京キッドブラザース」の舞台に心惹かれ、十六歳で入団。劇団を率いる劇作家・演出家の東由多加《ひがしゆたか》さんは、彼女にこう言ったという。

「あなたが今まで体験したことは、社会ではマイナスに作用することが多いけれど、表現の道に進めばマイナスのカードが全部プラスのカードにひっくり返る。自分の悲しみや苦しみを誇りに思ったほうがいい」

その言葉に背中を押され、十八歳で演劇ユニット「青春五月党」を旗揚げ。演出家・劇作家としてデビューし、やがて自身の息苦しさを素材にした小説を書き始める。『家族シネマ』で芥川賞を受賞したのは一九九七年、二十八歳のときだ。

二十三歳年上の東さんは、師であると同時に恋人でもあった。十年近く同棲していたが、アルコール依存症だった彼との生活に疲れ、関係に終止符を打つ。

しかし数年後、末期がんを患った東さんのもとへ、彼女はまた戻っていく。お腹の中には、別の男性の子どもがいた。相手は既婚者。柳さんが妊娠したのを知ると離れていった。

莫大な借金にも負けない

新しく生まれくる命と、愛する人の末期《まつご》の命。二つの命を、孤立した状態で直視せざるを得なかったわけだ。肉体的にも精神的にも、とてつもなくつらかったと思う。

しかも、がんが見つかったとき、東さんは「正真正銘の一文無し」。彼女自身も「宵越しの金は持てない」タイプで、貯金ゼロ。なのに、最先端の治療を受けられるよう、保険がきかず週に五百万円もかかるニューヨークの病院に入院させたりしていた。

二〇〇〇年四月、東さんが亡くなったとき、柳さんは生後三カ月の男の子と莫大な借金を抱えていた。でも、そこでくじけないのが、この人のすごいところ。既婚男性との恋愛からシングルマザーになるまでの顛末、東さんとの再会と永久《とわ》の別れを血の滲むような筆致でつづっていくのだ。

『命』『魂』『生《いきる》』『声』と題された四部作はベストセラーになり、借金を完済。マイナスのカードをプラスのカードへと、また見事に変えてみせた。

誰かのために誰かが犠牲になる社会はイヤだ

二〇一一年三月、福島第一原発の爆発映像をテレビで見た柳さんは、鎌倉から大阪に一時避難する。「子どもの安全を確保するため、できるだけ遠くへ」という気持ちに駆られてのことだ。

しかし四月二十一日、今度は福島へと向かう。その日の午前十一時、政府が「二十二日午前零時に二十キロ圏内を警戒区域に設定し、立ち入りを禁止する」と発表。それを聞いた途端、「検問所が閉ざされる前に、とにかく行かなければ」という思いがこみ上げ、じっとしていられなくなった。

夕方、原発から二十キロ地点にある楢葉《ならは》町の検問を抜け、そのまま北上。震災前は十万人もの花見客で賑わった富岡町の桜の名所「夜《よ》の森」や浪江町の小学校など、人気《ひとけ》の絶えた町を歩いた。なんと原発の正門前まで行ってきたという。

「私の母は、中学、高校時代、福島県南会津郡只見《ただみ》町の田子倉《たごくら》という集落で暮らしていました。そこは今、首都圏に電気を送る水力発電用のダムの底。

子どもの頃、母に連れられ只見に行ったとき、ダム湖の畔《ほとり》で話してくれました。『あそこに家や学校があった。こっちには丘があり、お寺や大きな桜の木があって、小川も流れていた。全部沈んでしまった』。そのときの記憶が一気に蘇ったんです」

そうか。戦火を逃れてきた日本で、また棲家を奪われたお母さんと、原発事故で避難する人たちの姿が重なったのか。

福島の原発も、首都圏への電力供給のためにつくられた。「誰かの豊かさのために、誰かが犠牲になる」不条理への悲しみと憤りが、放射能への不安や恐怖に勝《まさ》り、彼女を突き動かしたのだろう。

その後も、柳さんの福島通いは続く。

翌春、臨時災害放送局「南相馬ひばりエフエム」から、週に一度、三十分のラジオ番組をもってほしいと頼まれた。ギャラはもちろん交通費も宿泊費も出ないが、快諾。南相馬に縁のある二人をゲストに迎え体験を語ってもらう「柳美里のふたりとひとり」で、これまで五百人以上の話に耳を傾けてきた（「南相馬ひばりエフエム」は二〇一八年三月に放送終了）。南相馬での人間関係が広がり深まるにつれ、移住する決意も固まっていった。

絶望から希望へ。新しい物語を紡ぐ

柳さんの新居を訪ねた際、「相馬野馬追《そうまのまおい》」の最終日に野馬懸《のまかけ》の神事が行われる小高神社に案内してもらった。高台から、県立小高産業技術高校の校舎も見える。

二〇一七年四月に行われた開校式で披露された校歌は、柳美里作詞。作曲は、彼女からの依頼に応え長渕剛さんが手がけた。

〈我ら吉名《よしな》の丘に立つ

我は吉名の丘に立つ〉

それが校歌の最後の二行。「我ら」に連帯の大切さを、「我は」に個人の意志を込めたという。

「地震と津波と原発事故で、福島の方たちは大きな傷を負い、痛みと苦しみを抱えています。起きてしまったことを起きなかったことにはできません。でも、破れたほつれ目から糸が出て、その糸の先が誰かと結ばれることもあるんじゃないか。そんな出会いを通して新しい物語を紡ぎながら、傷から立ち上がっていくこともあるんじゃないか……。

書店を開くのは、その助けになれればと考えたから。国や県や市は大きなもので復興をなし遂げようとする。それはそれでやってもらって、私は一人の住民として自分にできる小さなことを続けていきます。鎌田さんは、『日本一お客が来ない本屋になる』と言うけれど、店の名は『フルハウス』、大入り満員です」

二人で大笑いした。

世界一美しい場所をつくりたい

いずれは裏の倉庫をキャパシティ百人ぐらいの劇場に改築し、芝居も上演したいという。「フルハウス」を開くため、五百万円を目標に始めたクラウドファンディングも予想以上。八百九十万円も集まった。

道徳をぶち壊しながら文学そのものを生きてきた柳美里が、絶望が広がる土地で希望を信じ、「大入り満員」を始める。ブックカフェカフェプロジェクトへの協力を募った彼女のブログには、こう書かれていた。

〈世界一美しい場所を創る。〉

そして二〇一九年四月九日、原発事故で心に深い傷を負った福島の子どもたちにとっても憩いの場となるだろうフルハウスがオープン。店名どおり「大入り満員」で、さまざまなイベントが目白押しらしい。

僕がやっている二つのNPOでも支援することに決めた。六月には、ここでカマタがミニ講演をし、柳美里とクロストークする計画を立てている。ずっと応援していこうと思う。

二〇一八年秋開業予定の小劇場「LaMaMa　ODAKA」のプロジェクトも、着々と進行中。二〇一七年のクリスマスイブに、朗読やピアノ演奏、舞踏、芥川賞作家の中村文則さんとのトークなどを盛り込んだプレオープンイベントを行ったところ、大盛況だった。

柳さんの息子にも会ったことがある。荒れて反抗していた時期もあったらしい。でも、高校三年生になった今は、母の良き理解者。蘭と昆虫と猫が大好きで、フルートを奏でる明るい好青年だ。この春、大学に受かれば旅立って行く。彼にとって、小高の家は大切な故郷の家。人口が五分の一に減ったここから、新しい物語が始まる。

福島の復興は道半ばだ。除染が進み、新しい建物も建っていくだろうが、心の復興や人間と人間の関係の復興をどう行うか。これは、とても難しい問題。

文学の力を借りて、柳さんが人間の心を見つめながら、絶望から希望へのどんな物語を紡いでいくのか。柳美里ファンのカマタは楽しみにしている。

誰もが、未来を面白くする力をもっている

「先生、この子に大学に行くチャンスをあげて」

ワケがわからんけどワクワクするような電話がかかってきた。

「釜」のマザー・テレサからのSOS

二〇一〇年に出した『人は一瞬で変われる』の最後に、僕はこう書いた。

〈自分が、人さまのおかげで大学に行けたので、一人ぐらい、知らない青年の未来を応援してあげたいと思っている〉

それから四年、待ちわびていた電話がやっとかかってきたのだ。

「身寄りのない子がいます。釜で育った子で、今、大学二年生。鎌田先生、残り二年間の学費を応援してくれませんか」

電話の主《ぬし》は、「こどもの里」のリーダー、荘保《しょうほ》共子《ともこ》さん。僕が勝手に「釜ヶ崎のマザー・テレサ」と呼んでいる女性だ。

釜ヶ崎にある「こどもの里」の玄関でショウタと。2年間、彼の「あしながおじさん」をさせてもらえて、僕も幸せだった。

カマタはマザーを信じている。

大阪市西成区。釜ヶ崎という通称で知られる街には、日雇い労働者が仕事を求めて集まる日本最大の寄せ場がある。日払いの安宿が密集し、野宿者も多い。

そんな「釜」の真ん中に一九七七年、彼女は子どもたちの居場所をつくった。学校が終わると子どもたちがやって来て、自由に遊んだり、勉強したり、スタッフのピアノに合わせて歌ったり……。

といっても、こどもの里は単なる遊び場ではない。親に虐待されている子、親の病気や失踪でひとりぼっちになってしまった子などが、落ち着き先が見つかるまで過ごせる生活の場でもある。DVの夫から逃げだしてきた不法滞在の外国人女性と赤ちゃんを、一時的に保護することもある。

釜のマザーは、よっぽどのときしか人に頼みごとをしない。電話をもらってすぐ、大阪に向かった。

中三まで割り算もできなかった。だから数学の先生になる

紹介された若者は、ショウタという名だった。

生まれる前に、父親が蒸発。母親はうつ病になり、薬物依存に陥った。とてつもなく大変な中で生きてきたのに、素直な好青年だ。

学費の援助だけでなく、少しでも精神的バックアップができたらいいな。そう思って、関西に行くたび、ショウタを引っ張り出した。大阪で中華やふぐ、京都の懐石料理、神戸のステーキ……彼が食べたことのないものをご馳走したかった。

食事をしながら、たくさん話を聞いた。僕にとっても幸せな時間だった。

「小学校四年生ぐらいから中学三年まで、あまり学校に行けなかった。母の交際相手のところに引っ越して、学校も変わったりして……。中学三年のとき、母が薬と縁を切るために入院し、『里』（こどもの里）にあずけられました。最初は部屋に閉じこもっていたけど、小さい子たちが『遊ぼう』と声をかけてくれて、徐々に心を開くことができた。

デメキンには、どれだけ恩を返しても返しきれない。魔女みたいな感じなんです。すごく大きい」

キョロッとした目が印象的な荘保さんを、子どもたちはみんな、親しみを込めて「デメキン」

と呼ぶ。

ショウタにはもう一人、尊敬する人がいる。中学校の先生。何かにつけ面倒を見て、フリースクールにも連れて行ってくれた。そこで、遅れていた勉強を無料で教えてもらった。

お母さんが退院すると、また母子二人で暮らせるようになった。でも……。

「高校二年の一月、母に『弁当、買ってきてくれへんか』と頼まれた。『自分で買ってきてや』と答えたら、部屋から出て行った。そして、電車にはねられ、亡くなってしまった」

うつ病を患っていた母親の心の中でどんな葛藤があったのか、よくわからない。母の死にはクエスチョンマークがついたままだ。でも彼には、お母さんに愛された記憶がはっきり残っているという。

このときも、釜のマザーが助けてくれた。生活保護を受けて一人で暮らせるよう手続きしてもらい、無事に高校を卒業できた。大学は不合格だったけれど、マザーと中学の恩師が予備校の授業料を半分ずつ出し合ってくれた。翌年、近畿大学の理工学部に入学。すごい話だ。

釜には愛されたことのない子も多い。でも、ショウタはお母さんとデメキンと中学の先生に、このうえなく愛された。

夢は、中学校の数学の先生になること。

「中学三年のとき割り算もできなかった。小学校の勉強からやり直しました。

釜ヶ崎のドヤ街には、算数が苦手な子どもが多い。いろんな苦労を背負って生きてきて、人とうまくしゃべれない子も多い。僕なら、そんな子どもたちの気持ちがわかる。だから、先生になりたい」

今はこどもの里でアルバイトをしている。

みんなが集うプレイルームの柱に引かれた何本もの線。その一本をなぞりながら、ショウタがとびっきりの笑顔で言った。

「僕が初めて里に来たときの身長です」

ショウタにとっては、ここが家なんだ。

誰かの役に立つことで自信が育つ

二〇一六年一月、関西に超大型の寒波がやってきた。僕はショウタを訪ね、「こども夜回り」につき合わせてもらった。

釜ヶ崎では毎年、二百人近い野宿者が病気や飢えや寒さのため路上で死んでいく。そんな状況をなんとかしたいと、こどもの里では毎冬、土曜日の晩に夜回りを行ってきた。

夕方五時に集まって、おにぎりや味噌汁をつくり、勉強会のあと十時に出発。ダンボールや毛布にくるまってコンクリートの上で寝ている人を見つけると、子どもたちが声をかけていく。大人は、食べ物や毛布を積んだリヤカーを引いて後ろからサポート。前面には出ない。

「こんばんは。おにぎりいりませんか。あったかいお味噌汁やカイロもあります」

「体の具合はどうですか」

ミヨちゃんという小さな女の子が、野宿の男性におにぎりと味噌汁を渡し、笑顔で駆け戻ってきた。

「『毛布もう一枚いる?』って聞いたら、『うん』って言ってくれた」

「あのおっちゃん、難しい人で、いつもはなかなか受け取ってもらえないんや。ミヨは偉い!」

ショウタの魔法だ。ほめられて、「ちょっと照れるやん」と混ぜっ返しながらも、ミヨちゃん、すごくうれしそうだ。

小走りで毛布を届ける彼女に、男性が手を合わせた。

こうして子どもたちは、「誰かの役に立っている自分」に気づく。自信が育つ。

自分にも人にもレッテルを貼らない

子どもたちは全員、手袋をしていない。寒さに震えているおっちゃんたちに気を遣っているのだ。

かじかんだ手を息であたためながら、ショウタが話し始めた。

「野宿者のことをホームレスって言いますよね。家がないわけだから、ほんまはハウスレス。ホームレスとは呼びたくない。

デメキンがやってるこどもの里がなかったら、僕だって居場所がなかった。こうして子どもたちが夜回りをして、あったかいおにぎりや味噌汁を配っていれば、野宿のおっちゃんたちにも心の居場所ができるかもしれない」

一緒に歩いていた子どもたちも次々にしゃべりだした。

「さっきのおっちゃん、若い頃はバリバリ働いてたんだって」

「野宿してるおっちゃんたちも、お母ちゃんから生まれたんだ。みんな同じ。努力が足りなかったわけじゃない」

「もっと怖い人たちだと思ってたけど、めっちゃ気さくで面白かった」

みんな、おっちゃんたちのことを理解しようとしている。

なぜだかわからない。僕は泣いた

子どもたちとの触れ合いで心があったまってバリアが溶けたのか、野宿者の一人が僕にも声をかけてくれた。

「ＮＰＯか？」

「はい。こどもの里という、この地域の子どもにとって安全地帯みたいな場所があるんです。この子たちの中には、お父さんやお母さんがいない子もいる。普段は助けてもらいながら生きている。でも今日は助ける側に回っています。うれしい時間なんです。あなたが生活支援を受けられるよう専門家にお願いすると、ほかの大人たちが言っていました。今夜はとても寒いから、気をつけてください」

彼は、おにぎりを食べずに何度も何度も両手で握り直していた。

子どもたちから受け取ったあたたかさを、ギュウッと抱きしめているように見えた。

なぜだかわからない。ジーンときた。

僕は泣いた。


次の地区に向かう途中、ショウタが誰もいない場所で立ち止まり、手を合わせた。一週間前に、ここで野宿をしていた人が亡くなったという。

ショウタたちは野宿者が亡くなると、そこに一輪の花を手向《たむ》ける。せめて自分たちだけでも、その人のことを忘れないためだという。すべての命を大事にしている。

それを聞いて、釜のマザーが前に話してくれたことを思いだした。

「釜ヶ崎は怖いところだと思われている。こんなところで暮らす子どもは不幸だと思っている人も多い。でもここは、人間はそれほど違わないということを子どもたちが知るのに、とてもいい場所」

人を思い込みや偏見で見なくなれば、自分にレッテルを貼ったり貼られたりすることからも自由になれる。

彼女はこうも言っていた。

「他人に気に入られようとか、世間に合わせようとするのでなく、誰もがそれぞれのペースで自分を大切にできる場、生きているという、ただそれだけで満たされる場を、子どもたちと一緒につくっていきたい」

誰もがみんなユニーク。「特別」な人なんていない

ショウタはこれまでに何回も、東日本大震災の被災地にボランティアに行っている。僕がほめたら、さらりと答えた。

「困っている人のために働こうなんて仰々しいことは考えていません。楽しいから行っているだけ」

宮城県で教職に就きたいというが、もしかしたら釜ヶ崎になるかもしれない。

「ショウタが学校の先生になったら、里に通っている子どもたちにとって希望の星になるだろうなあ」

「子どもたちは、みんなユニーク。僕のことを特別だなんて思っちゃいません。仲間の一人だと思ってくれているはず」

いつも自然体。肩肘を張らない。

ショウタに会うたび「本を読めよ」と言ってきた。最近、M・スコット・ペックの『愛すること、生きること』、エーリッヒ・フロムの『自由からの逃走』や『愛するということ』を読んだという。

「愛は感情ではなく活動であり、愛には努力が必要」

そんなステキなことを言う。

好きな人ができた。失恋もしたらしい。

いろんな愛を経験し、青春を生きている。

生きていれば、時に壁にぶつかったり、困難に遭遇したりする。日雇い労働者の街で育った彼は、子どもの頃から山ほどつらい目に遭ってきた。

だけど、強い。

だから、やさしい。

ショウタが学校の先生になったら、きっと子どもたちに大きな力を与えられる教師になるだろう。

そう思っていたら、二〇一八年の春、うれしい知らせが届いた。

「なんとか採用が決まりました。臨時雇いだけど、大阪で障がいのある子どもたちの教師として働きます」


たくさんの絶望を乗り越え、ショウタは生きぬいてきた。真っ暗闇の中で荘保さんや中学の先生がかざしてくれた灯りに導かれ、絶望を一つ一つ希望に変えながら。

今では彼自身が、暗闇を照らす一筋の光になりつつある。

時代の空気や過去に支配されなければ、未来はどうにでもなる。もっと面白く生きられる。自分の半径三十センチから、ちょっとずつジワジワと、曇天の時代の気分を、社会そのものだって、変えていけるはず。

ショウタの未来を面白くするのは、彼自身の力だ。

その力は、すべての人間の中にあると信じている。

このところ、一年の三分の二は旅をしている。取材や講演で日本じゅうを飛び回るだけでなく、代表を務めているNPOの活動のためチェルノブイリやイラクにも行く。被災地の支援もずっと続けている。二〇一八年三月だけでも、水害に遭った茨城県常総《じょうそう》市や福岡県朝倉市を訪れた。朝倉市では、さだまさしさんも参加してくれた。宮城県の陸前高田市、福島県の南相馬市や飯舘村にも行ってきた。こうして原稿を書くのは、たいてい飛行機や電車で移動しているときか、早朝のホテルだ。

もうすぐ七十歳なんだから少しのんびりすればいいのにと、よく言われる。でも、動かずにはいられない。

うつうつとした曇天の時代に、どうしたら輝くことができるのか——そんな本を書こうと決めた。魅力的な人を見つけると会いに行った。だから、さらに旅が増え、家でのんびりできなくなった。でも、楽しい旅の連続だった。

NPOや被災地での支援活動を通して知り合った人、コメンテイターをしているテレビの情報番組で取材させてもらった人、僕の講演を聞きに来てくれた人、旅先で声をかけてくれた人……。たくさんのステキな人たちとの出会いが、僕を突き動かす。

彼らのことを書き出すと、筆は止まらなかった。書きながら、僕自身が人生の迷路から脱し始めた。

『曇り、ときどき輝く』と題したこのエッセイ集には、六歳の少年から九十歳間近のおじいちゃんまで登場する。みんな、いい顔で笑う。

絶望のどん底にあっても、くじけっぱなしでなんかいない。分厚い雲を切り裂いて、太陽を呼び込む。北極圏の極夜のように太陽が昇らない時期が続いたら、自分自身が灯となって周囲を照らし出す。人生を面白がって生きている人たちだ。

僕も、ワクワクした気持ちで、二十四本のエッセイを書いた。主人公たちの人生を描きながら、自分が感じていた息苦しさや思いもたっぷりと詰め込んだ。

この本は、集英社の『青春と読書』という雑誌で二年ほど続けてきた連載をまとめたものだ。刊行にあたり、フリーランス編集者の細貝さやかさんにお世話になった。また吉村遙さんには、彼女が集英社で編集をしていた頃から十数年にわたり伴走していただいた。おかげで、たくさんの本を生み出すことができた。特に、この本への彼女の思い入れは大きかったように思える。

おかげで、いい本になったと思う。心からの熱い感謝を贈ります。ありがとう。

二〇一八年四月　　鎌田　實

本書で取り上げた書籍＆参考文献

第一章

『戦場のタクト――戦地で生まれた、奇跡の管弦楽団』柳澤寿男　実業之日本社
『バルカンから響け！歓喜の歌』柳澤寿男　晋遊舎
『妻が遺した一枚のレシピ』山田和夫　青志社
『コーチングとは「信じること」――ラグビー日本代表ヘッドコーチ　エディー・ジョーンズとの対話』生島淳　文藝春秋
『おはよう21』2015年8月号　中央法規出版
『愛と命と魂と――生きてこそすべて　歌舞伎町駆け込み寺』玄秀盛　ロングセラーズ
『介護男子スタディーズ』介護男子スタディーズプロジェクト／企画　高木康行／写真　介護男子スタディーズプロジェクト（社会福祉法人「福祉楽団」内）

第二章

『永遠の0《ゼロ》』百田尚樹　講談社文庫
『海賊とよばれた男』百田尚樹　講談社文庫
『検査なんか嫌いだ』鎌田實　集英社
『原発と戦争を推し進める愚かな国、日本』小出裕章　毎日新聞出版
『華氏451度』レイ・ブラッドベリ　宇野利泰／訳　ハヤカワ文庫
『「孤独」は消せる。』吉藤健太朗　サンマーク出版
『おはよう21』2017年5月号　中央法規出版
『津波をこえたひまわりさん――小さな連絡船で大島を救った菅原進』今関信子　佼成出版社
『鶴丸メソッド　メディカルファッション®』鶴丸礼子　瀬尾泰章／写真　講談社エディトリアル
『ルポ　貧困大国アメリカ』堤未果　岩波新書
『沈みゆく大国　アメリカ〈逃げ切れ！　日本の医療〉』堤未果　集英社新書
『グラウンド・ゼロがくれた希望』堤未果　扶桑社文庫
『はじめての留学――不安はすべて乗り越えられる！』堤未果　ＰＨＰ研究所
『政府はもう嘘をつけない』堤未果　角川新書
『医療格差』川田龍平　角川ＳＳＣ新書
『誰も書けなかった国会議員の話』川田龍平　ＰＨＰ新書
『大往生』永六輔　岩波新書
『伝言』永六輔　岩波新書
『この国が好き』鎌田實／文　木内達朗／絵　マガジンハウス

第三章
『認知症の私からあなたへ——20のメッセージ』佐藤雅彦　大月書店
『認知症になった私が伝えたいこと』佐藤雅彦　大月書店
『私の脳で起こったこと——レビー小体型認知症からの復活』樋口直美　ブックマン社
『婦人公論』2010年10月7日号、10月22日号
『人は一瞬で変われる』鎌田實　集英社文庫
『狂気の愛』アンドレ・ブルトン　海老坂武／訳　光文社古典新訳文庫
『ＡＩＤで生まれるということ——精子提供で生まれた子どもたちの声』非配偶者間人工授精で生まれた人の自助グループ・長沖暁子／編著　萬書房

第四章
『ほうれんそうはないています』鎌田實／文　長谷川義史／絵　ポプラ社
『災害ユートピア——なぜそのとき特別な共同体が立ち上がるのか』レベッカ・ソルニット　高月園子／訳　亜紀書房
『あってよかった！　応援したい　ニッポンを幸せにする会社』鎌田實　集英社
『家族シネマ』柳美里　講談社文庫
『命』柳美里　新潮文庫
『魂』柳美里　新潮文庫
『生』柳美里　新潮文庫
『声』柳美里　新潮文庫
『愛すること、生きること——全訳『愛と心理療法』』Ｍ・スコット・ペック　氏原寛・矢野隆子／訳　創元社
『自由からの逃走』エーリッヒ・フロム　日高六郎／訳　東京創元社
『愛するということ（新訳版）』エーリッヒ・フロム　鈴木晶／訳　紀伊國屋書店

カバー＆本文デザイン／海野光世
編集＆構成／吉村遙
　細貝さやか（ノラ・コミュニケーションズ）
写真／カバー　清水朝子
著者近影／野口昌克

＊集英社発行の月刊誌『青春と読書』2015年12月号～2017年12月号に連載されたエッセイ「曇り、ときどき輝いて生きる」を加筆改稿し、構成しました。

曇《くも》り、ときどき輝《かがや》く
2018年5月30日　第1刷発行

著　者　鎌田《かまた》　實《みのる》

発行者　茨木政彦
発行所　株式会社　集英社
〒101-8050　東京都千代田区一ツ橋 2-5-10
電　話　編集部　03-3230-6141
読者係　03-3230-6080
販売部　03-3230-6393（書店専用）

印刷所　図書印刷株式会社
製本所　株式会社ブックアート

ISBN978-4-08-781657-0 C0095